HAMBURGER
AUTORENVEREINIGUNG

AF201032

Karsten Lieberam-Schmidt

Schwarze Katze, bunter Hund

20 neue Geschichten

Edition HAV

Bibliografische Information der Deutschen Nationalbibliothek:
Die Deutsche Nationalbibliothek verzeichnet diese Publikation in der
Deutschen Nationalbibliografie; detaillierte bibliografische Daten sind
im Internet über http://dnb.dnb.de abrufbar.

Schwarze Katze, bunter Hund
20 neue Geschichten

© 2017 Karsten Lieberam-Schmidt
Coverfoto: Karsten Lieberam-Schmidt
Herstellung und Verlag: BoD - Books on Demand,
Norderstedt

ISBN: 9783744894678

Inhaltsverzeichnis

Der Enkeltrick

Ring-ring, ring-ring! Das Telefon klingelt, Erna Müller geht ran:

„Ja, hallo?"

„Rat mal, wer hier ist."

„Ach, ich weiß schon, so ein Enkeltrickbetrüger, und Sie wollen durch Ihr kleines Ratespielchen den Namen meines Enkels rausbekommen."

„Sie kennen sich aber gut aus. Wie heißt denn Ihr Enkel, der ich sein könnte?"

„Ich hab gar keine Enkel, nur Neffen."

„Würden Sie denn einem Neffen, der in Wirklichkeit ein Enkeltrickbetrüger ist und Geld braucht, ebenfalls helfen?"

„Und Sie, würden Sie auf einen Kaffee zu mir kommen, ohne sicher zu sein, ob wir anschließend auch gemeinsam zur Bank gehen?"

„Also normalerweise haben wir ja für so etwas Strohmänner, aber in Ihrem Fall …, Sie sind so nett und verständnisvoll."

„Und Sie, ich meine, als Enkeltrickbetrüger, da müssen Sie ja schon von Berufs wegen nett und höflich sein, aber Sie sind immerhin ehrlich und haben irgendwie auch eine so wohlklingende Stimme."

„Also, würden Sie denn …?"

„Ich möchte Sie schon gern erst noch etwas näher kennen lernen, bevor ich eventuell mit Ihnen zur Bank gehe. Wie wär das heute Nachmittag um halb

Vier?"

„Und Sie rufen nicht die Polizei?"

„Ach was. Wissen Sie, wenn jemand so wie ich Erna heißt, dann ruft fast jede Woche jemand aus Ihrer Branche an. Da ist man mit der Polizei schon auf du und du, das ist mittlerweile schon fast langweilig."

„Sie meinen, Sie waren schon mal Opfer von einem wie …, wie mir?"

„Einmal? Ha! Was meinen Sie, wie viele ich bereits hinter Schloss und Riegel gebracht hab. Aber wie gesagt, das wird auf die Dauer langweilig. Ich mein, wenn Sie wirklich Geld brauchen und so ein richtiger Verbrecher sind …, ich würde mich ja schon gern mal mit so einem wie Ihnen unterhalten, nä. So viel Abwechslung hat man ja in meinem Alter nicht mehr."

„Ohne Polizei?"

„Natürlich, Ganovenehrenwort. Aber machen Sie sich nicht allzu viele Hoffnungen auf das Geld. Bei mir gibt das Kaffee und Kuchen."

„Könnte ich eventuell auch noch eine Komplizin mitbringen?"

„Na, nu übertreiben Sie mal nicht, junger Mann. Ich ruf keine Polizei und Sie, Sie kommen allein. Und keine faulen Tricks. Nur gemütlich Kaffee und Kuchen."

„Vielen Dank. Äh, dürfte ich Sie eventuell Erna nennen? Vielleicht Tante Erna?"

„Ja, ist gut, mein Junge, mach das. Wie heißt denn du?"

„Nenn mich einfach ... Nils, das ist zwar nicht mein richtiger Name, aber du weißt ja, berufliche Gewohnheit."

„Na gut, äh, Nils, dann komm heute Nachmittag um halb Vier auf ein Tässchen Kaffee und ein Stück Nusstorte bei mir vorbei."

„Sag mal, Tante Erna, magst du eigentlich Tulpen?"

„Tulpen? Lieber Orchideen. Eine reicht völlig. So ne schöne exotische, das wär echt lieb von dir. Ach ja, und wenn du auch noch ein paar Einkäufe für mich …, ich mein, ich bin ja nicht mehr die Jüngste, weißt du, warte mal: ein Mischbrot, 100 Gramm jungen Gauda, ein Glas Honig, Erdbeermarmelade, einen Porree, einen Sellerie, ein Bund Möhren, zwei Kilo Kartoffeln, Fertigklöße, ein kleines Fläschchen Marillenlikör, eine Dose Bockwürste, Senf, eine GALA und … 10 Stangen Marlboro Light."

„Was, du rauchst?! Das ist aber nicht gut, Tante Erna."

„Oh, wie lieb von dir, Nils, deine Fürsorge. Vielleicht gehen wir ja hinterher doch noch zur Bank."

„Wie war das noch …, Sellerie, Möhren und Kartoffeln?"

„Und Porree. Und wenn du mir vielleicht auch noch eine Bratpfanne besorgen könntest, weißt du, die alte gusseiserne hat ja nun auch schon 30 Jahre auf dem Buckel. Am besten so eine neue mit Teflonbeschichtung."

„Du, da muss ich mich jetzt aber ranhalten. Ich hab vorher noch zwei Enkeljobs, da mach ich mal lieber Schluss. Bis nachher."

„Ja, bis nachher, mein Junge."

Erna Müller legt auf und wählt die Nummer der Polizei:

„Herr Kommissar, es ist wieder so weit. Heute um halb Vier. Aber kommen Sie nicht zu früh. Nicht dass das schief geht mit der Bratpfanne. Beim letzten Mal haben Sie mir ja schon das neue Bügeleisen vermasselt. Sagen wir, so um halb Fünf, dann sind wir auf der sicheren Seite. Ach ja, und bringen Sie Kaffeedurst mit, Herr Kommissar, heute gibt das Nusstorte."

Vom Pferd

Sicher kennen Sie das auch oder haben schon einmal von so etwas gehört: Jemand steckt im Aufzug fest. Und kann nicht mehr raus. Manch einer bekommt dann Platzangst, und in Filmen sind in so einer Situation oft mehrere Leute stundenlang eingesperrt und haben kein Klo. Aber das wird nie thematisiert. Außerdem wird dann oft die Wärme unerträglich und der Notruf funktioniert nicht oder es kommt keine Antwort, weil alle Monteure gerade im Wochenende oder im Urlaub sind.

Was allerdings mir neulich passierte, als ich im Aufzug stecken blieb, war etwas ganz, ganz anderes: Ich bekomme keine Platzangst, es wird nicht warm, ich muss auch nicht auf die Toilette, und der Notruf funktioniert. Eine freundliche Stimme antwortet mir, ich solle mir keine Sorgen machen, in Kürze käme jemand vorbei und würde mich befreien.

Bereits wenig später vernehme ich ein Summen, dann setzt sich der Aufzug in Bewegung: achter Stock, zehnter Stock, zwölfter Stock, PLING. Die Tür geht auf, und jemand steigt zu: ein Pferd.
„Guten Tag", sagt es zu mir, drückt auf „E" wie Erdgeschoss, und - PLING - geht es wieder abwärts.
„Äh, haben wir gerade miteinander gesprochen?", frage ich.

„Jo, ich bin schnell, was?", antwortet das Pferd.

Und PLING, PLING, PLING, es plingt noch ein paar Mal, die Tür jedoch bleibt zu, es summt, knackt und zischt, und das Licht geht aus.

„Und nun?", frage ich.

Das Pferd beginnt zu röcheln und zu keuchen, dann Stille.

„Was ist mit Ihnen?"

„Ich hab Platzangst, mir wird heiß, und ich muss mal", jappst das Pferd.

„Dann drücken wir wieder den Notruf."

„… und all meine Kollegen sind gerade im Wochenende." Das Pferd schnappt nach Luft.

„Ruhig, Brauner, ganz ruhig", will ich eigentlich gar nicht sagen, aber irgendwie hat sich meine Zunge selbständig gemacht.

„Was? Wie reden Sie mit mir?"

„Äh, sorry, ich …"

„Sagen Sie lieber nichts. Und bieten Sie mir auf keinen Fall Zuckerwürfel an. Ich hab Elektrotechnik studiert mit Abschlussarbeit über Fahrstuhltechnik und arbeite seit elf Jahren in dieser Firma."

„Ja, dann bringen Sie das Ding mal wieder zum Laufen."

„Äh, ja, das Werkzeug ist leider noch im Wagen."

„Na toll! Und jetzt?"

„Jetzt wird es immer wärmer, es gibt keine Toilette, und ich bekomme Platzangst."

„Und all Ihre Kollegen sind im Wochenende, ich weiß. Ist das hier die versteckte Kamera, oder was?"

Anstelle einer Antwort jedoch vernehme ich ein Plätschern, genauer gesagt, einen Strahl, der offenbar gerade den Aufzugboden erreicht.

„Sie Schwein!"

„Pferd. Hühühühü. Aaah, jetzt geht's mir wieder besser."

„Bleiben nur noch die Platzangst und die Hitze", sage ich trocken.

„Nee", meint das Pferd, „keine Hitze, der Strom ist ja ausgefallen und die heißen Lampen damit auch."

„Also nur noch Platzangst."

„Nee", antwortet das Pferd, „im Dunkeln nicht, da seh ich ja nicht, wie eng es hier ist."

„Wieso sind Sie eigentlich Fahrstuhl-Monteur geworden, wenn Sie Platzangst haben?"

„Normalerweise arbeite ich ja im Büro, und nur wenn wirklich alle Kollegen im Wochenende oder im Urlaub sind, dann mach ich ausnahmsweise auch mal Notdienst."

„O. K., wir sind jetzt in Not. Also legen Sie los."

„Ohne Werkzeug? Aber wenn Sie auf meinen Rücken steigen, dann könnten Sie es schaffen."

„Hee, sind Sie der Monteur oder ich?"

„Ja, schon, aber ich pass da oben nicht durch."

Kurze Zeit später gelingt es mir, vom Rücken des Pferdes aus die Klappe in der Fahrstuhldecke zu öffnen.

„Klettern Sie links die Leiter hoch bis zum nächsten Stockwerk und drücken dort die Tür auf."
Ich klettere bis zum nächsten Stockwerk und versuche die Tür aufzudrücken, vergeblich. PLING, macht es da unter mir, das Licht geht wieder an, und der Aufzug setzt sich in Bewegung: nach oben.

„Schnell, springen Sie auf!", ruft das Pferd, „sonst werden Sie zerquetscht."

Ich warte schweißgebadet, bis der Aufzug mich fast erreicht hat, springe und gleite durch die Klappe nach unten, dann - PLING - blinkt auch schon wieder die „12" auf. Die Tür öffnet sich ein Stück, ich hechte durch den Spalt hinaus, und PLING, schließt sich dieser wieder, danach ein Summen.

„Holen Sie den Werkzeugkoffer aus meinem Wagen, hühühühü", vernehme ich von innen noch die Stimme des Pferdes.

O. K., ich sprinte die Treppen hinunter bis ins Erdgeschoss, renne zum dortigen WC und erleichtere mich. Dann trinke ich den halben Wasserhahn leer und öffne anschließend den Notausgang. Der Alarm geht an, eine Sirene heult auf, egal. Ich schaue mich um.

„FAHRSTUHLNOTDIENST" lese ich auf einem Kastenwagen am Straßenrand, schlage eine der Seitenscheiben ein, schnappe mir den Werkzeugkoffer und laufe zurück zum Notausgang.

„Halt, keine Bewegung! Und Hände auf den Rücken!"

Die Polizeibeamten nehmen mir den Werkzeugkoffer ab und fixieren mich mit Handschellen.

„Der Aufzug", keuche ich, „da steckt noch das ..., äh, der, der ... der Monteur drin."

„Ich prüf das mal kurz nach. Und Sie bleiben hier bei meinem Kollegen."

Der Kollege drückt mich auf einen der Sitzplätze in der Eingangshalle, und der andere Polizist drückt den Aufzugknopf.

PLING macht es kurz danach, und die Tür öffnet sich.

„Wie geht es ihm?", rufe ich.

„Wem? Hier ist niemand."

„Was?!"

„So Freundchen, Sie kommen jetzt mal mit zur Wache. Und dann, dann klären wir da mal ein paar Dinge."

Die Polizeibeamten nehmen mich in die Mitte und zerren mich davon. Vor dem Gebäude gelingt es mir, mich noch kurz umzudrehen. „Schauen Sie doch, da steht ein Pferd auf'm Flur", rufe ich.

„Ja, ja, und ich bin Ihre Großmutter."

Das Pferd winkt mir kurz zu, dann erreichen wir das Polizeiauto.

Auf der Wache bringt man mich zum Büro des Chefs. „Ist gut Jungs, lasst mich mal mit ihm allein", höre ich hinter uns eine Stimme im Flur, dann schiebt man mich in den Raum, drückt mich auf einen Stuhl, anschließend Schritte und das Geräusch einer Tür, die sich schließt.

„Soso, Sie sind also der Typ, dem im Aufzug ein Pferd begegnet ist?"

„Wollen Sie wirklich die Wahrheit wissen?"

„Ist schon gut." Der Beamte legt mir von hinten einen Huf auf die Schulter. „Der Monteur ist meine Schwager. Sie können wieder gehen …, hühühühü."

Und wenn Sie mir diese Geschichte nicht glauben, dann lassen Sie sich folgendes sagen: Ich habe Ihnen eben von vorn bis hinten vom Pferd erzählt.

Schwarze Katze, bunter Hund

Nie betrachtete sie sich in den Spiegeln der Eingangshalle, nein, es war umgekehrt, die Spiegel be-
trachteten sie. Und die Menschen. Vor allem die
Männer.

Sie kam immer in schlichtem Schwarz, mehr brauch-
te sie nicht, keine extravaganten Kleider, kein auffäl-
liges Make-up, keine schrillen Accessoires, trug nur
ein schwarzes Handtäschchen und setzte sich an
Tisch sieben. Und wenn dort einmal kein Platz frei
war, dann stand immer einer der anwesenden Männer
auf und bot ihr den seinen an.

Sie hatte nur wenige Jetons dabei und schien genau
zu wissen, wann und wo sie diese platzieren musste.
Immer nur einen und meistens auf Schwarz. Sie setzte nicht jedes Mal, nur alle 10 bis 20 Spiele, und jeden anderen hätte der Croupier höflich darauf hinge-
wiesen, den Platz frei zu machen für jemanden, der
auch spielen wollte. Sie aber durfte bleiben, saß auf-
recht, elegant und schweigend da, und lächelte nur
selten. Doch wenn sie es einmal tat, dann hingen alle
Augen an ihren Lippen, an ihrem Gesicht, ihrer gesamten Erscheinung. Manchmal verfolgte sie den
Lauf der Kugel, manchmal schaute sie über alle hinweg in die Ferne, und manchmal verwandelte sie sich

in eine Katze, wenn sie das Casino wieder verließ. Zumindest in der Fantasie jener, die sie beobachteten.

Einer davon saß ihr gegenüber am benachbarten Tisch beim Black Jack. Er spielte zumeist lange Serien am Stück und lachte oft und laut, warf seinen Hut in die Höhe, wenn er gewann, und zog neue Chips aus den Taschen, wenn er verlor. Die Frauen liebten sein Lachen und die Leichtigkeit, mit der er das Spiel und das Leben nahm. Manchmal trug er einen Zylinder, manchmal eine quietschgelbe Melone, einen dunkelroten Sombrero oder eine grüne Baskenmütze, Hauptsache Hut.

Andere Männer wurden gebeten, ihre Hüte an der Garderobe abzugeben, er jedoch nicht, er durfte das, gehörte quasi zum Inventar. Und sein Lachen ließ die Herzen der Menschen leichter werden, selbst, wenn sie beim Spiel verloren. Jeden Tag war man darauf gespannt, was er wohl trug: Frack, Pullover oder Glitzerjackett, Lackschuhe, Pantoffeln oder Lederstiefel, einmal kam er sogar barfuß. Ja, er durfte das. Und immer klöterten dabei die Chips in seinen Taschen, viele kleine Jetons für viele kleine Spiele. Immer Black Jack. Manchmal gewann, meistens jedoch verlor er. Und manchmal blickte er auch hinüber zu der schwarzen Katze, wenn sie gerade in ein Spiel vertieft war. Er liebte es, sie anzusehen, so wie eigentlich alle, und sah sie doch mit anderen Augen, sah mehr. Sie blickte niemals auf, wenn er sie ansah, schien das irgendwie zu spüren. - Rien ne va plus. - Er widmete sich wieder dem Kartenspiel, wusste, dass ihn dabei viele Leute beobachteten und sich über sein Lachen freuten.

Und sie, sie blickte wieder in die Ferne, schaute durch die Menschen hindurch oder über sie hinweg und begann zu lächeln. Geheimnisvoll. Vieldeutig. Stellte dabei selbst die Mona Lisa in den Schatten. Und alle schauten sie an. Dann setzte sie langsam einen Jeton auf Schwarz, erhob sich und ging. Ohne das Ergebnis abzuwarten. Verwandelte sich vor der Tür in eine Katze. Zumindest stellten viele sich das vor. Und der bunte Black-Jack-Spieler verwandelte sich, wenn er ging, in einen Hund. Und dann starrten die beiden einander tief in die Augen, stundenlang, tagelang, bis zum nächsten Spiel. Zumindest in der Fantasie der Betrachter.

Tatsächlich aber spielten die beiden zwischendurch mit ihren Kindern, ihren gemeinsamen Kindern in ihrem gemeinsamen Haus. Und sie, sie lachte dabei viel und trug bunte Klamotten. Und er, er blickte manchmal total ernst, absichtlich, worüber sie erst recht lachen musste. Bis sich die beiden wieder zurückverwandelten. Für den nächsten Auftrag. Ja, die Leute wollten unterhalten, wollten bei Laune gehalten werden, bei Spiellaune. Und: Das Geheimnisvolle zog die Menschen an. - Schwarze Katze, bunter Hund, dafür hatte man sie engagiert.

Das nächtliche Geräusch

Sicher kennen Sie das auch, Sie wachen mitten in der Nacht auf und meinen, etwas gehört zu haben, aber da ist nichts. Sie grübeln noch eine Weile und schlafen dann wieder ein.

Was jedoch mir neulich passierte, als ich mitten in der Nacht aufwachte, verlief ganz, ganz anders. Denn das Geräusch, das ich gehört hatte, kam wieder. Und als ich barfuß zur Badezimmertür schlich und mein Ohr an diese legte, war ich mir sicher: Ja, da rumorte etwas. Ich blickte durchs Schlüsselloch: nichts. „Nichts" war in diesem Falle gut, denn Einbrecher brauchen ja in der Regel ein Minimum an Licht, in meinem Bad jedoch war es stockdunkel. Also öffnete ich die Tür: Da war es wieder, und es hörte sich an, als kratze irgendetwas von innen am Klodeckel. „Iiih, eine Ratte", schoss es mir durch den Kopf, man hat ja so etwas schon gehört: Kanalratten zwängen sich durch enge Rohre hinauf und kommen irgendwo aus einer Toilette wieder heraus, uaaah, ich mag gar nicht daran denken. Und gerade, als ich meinen Ekel überwinden und auf das WC zugehen will, ertönt plötzlich ein Klopfen … und zwar aus der Küche. Ich drehe mich um, schleiche auf Zehenspitzen nun dorthin und stelle fest: Das Klopfen kommt aus dem Kühlschrank. Ratten schließe ich hier aus, vielleicht aber der abgelaufene Joghurt, der, den ich noch immer nicht entsorgt habe, und jetzt kommt langsam Leben in den Becher. Nein, eher unwahrscheinlich. Ich überlege, was noch so alles im Kühlschrank ist: Milch, Käse, Quark, Bananen, zwei oder drei Fertiggerichte, Möhren, Kartoffeln, Eier ... - Eier! Das muss es sein: Ein Küken ist ausgeschlüpft und klopft nun pickend von innen gegen die Kühlschranktür. Einziger Schönheitsfehler dieses Gedankenganges: Küken schlüpfen nicht in Kühlschränken.

„Vielleicht doch ein Einbrecher", denke ich, „und das mit dem Klopfen war in Wirklichkeit nur Ablenkung, der hat mich aus dem Schlafzimmer locken wollen und zerrt nun alle Kleider aus den Schränken, reißt die Schubladen heraus, findet den Schmuck, den Safe, den Rembrandt, allerdings: Ich besitze gar keinen Schmuck. Und erst recht keinen Safe. Und ob die Gemälde meiner kleinen Nichte etwas wert sind, wird sich vermutlich erst in Jahrzehnten herausstellen. Egal, ich schnappe mir ein Küchenmesser und lausche: Ja, im Schlafzimmer ist ein Geräusch. Kein Klopfen dieses Mal, sondern eine Art Rülpsen. Ich schlucke. Früher glaubte ich ja an Monster unter dem Bett, an Poltergeister, Vampire und so weiter, aber heute … Ich überlege: Wenn es doch Unter-dem-Bett-Monster geben sollte, dann könnte mich ja urplötzlich eines am Knöchel packen und zu sich in die Finsternis ziehen, Gegenmittel: Licht an! Oder vielleicht doch lieber im Wohnzimmer schlafen? Wenn es jedoch ein Poltergeist ist, dann würde Licht ihn womöglich erst recht provozieren, und im Wohn-

zimmer wäre ich auch nicht sicher. Und an die dritte
Möglichkeit mag ich gar nicht denken, binde mir aber
trotzdem vorsichtshalber eine Knoblauchzehe um den
Hals. Allerdings klopft es jetzt gar nicht mehr, nicht
mehr im Bad, nicht in der Küche und auch nicht im
Schlafzimmer. Dafür scheppert es nun in meiner
Wohnstube, dann ein Plätschern. - Goethe? Nein,
nicht persönlich, aber: „Und nun komm, du alter Besen! … Walle, walle, dass zum Zwecke …" Nee, das
kann auch nicht sein, denn erstens ist mein Besen ja
noch ganz neu, und zweitens befindet er sich in der
Besenkammer. Außerdem bin ich ja kein Zauberlehr-
ling. Darum mache ich jetzt etwas ganz, ganz anderes: Lärm. Richtig fetten Lärm. Ich knalle mit den
Türen, trommele mit Löffeln auf einer Bratpfanne
herum, stelle Radio und Fernseher auf volle Lautstär-
ke, schalte außerdem überall das Licht an und schaue
nach: nichts. Keine Ratten oder Vampire, keine Ge-
spenster und auch kein klopfender Joghurt. Ich schalte die Geräte wieder aus, dann gehe ich zurück ins
Bett. Genau in diesem Moment ein Stöhnen. Schweiß
tritt mir auf die Stirn und ich überlege fieberhaft. Ja,
so mach ich's: Ich tue so, als sei ich eingeschlafen
und schnarche laut - chr-sch, chr-sch -, stehe aber
tatsächlich leise wieder auf, schnappe mir meine Ta-
schenlampe und lausche. Nun eine Art Gewimmer.
Und diesmal kommt es tatsächlich aus der Besenkammer. Ohne Küchenmesserunterstützung renne ich
auf diese zu, reiße die Tür auf und leuchte hinein. Ja,
da ist etwas, ich habe es weghuschen sehen, hinter
einen Putzeimer. Aber es wimmert jetzt nicht mehr,
sondern es lacht: „Ha-ha-ha-ha, ich bin's, deine Fan-

tasie. Ich bin mal wieder mit dir durchgegangen. Aber das ist ja nichts Neues. Und nun, husch-husch, ab ins Körbchen. Du musst morgen wieder früh raus!"

Na gut, ich beschließe, dieser Aufforderung nachzukommen und gehe erneut schlafen. Doch als ich so gerade wieder am Einschlummern bin, ist mir, als hörte ich ein Rascheln unter dem Bett. Oder war's unterm Kopfkissen?

Das Fischbrötchen

Ich gehe so am Strand spazieren, da sagt plötzlich mein Magen: „Ich hab Hunger. Ich will ein Fischbrötchen."

„Na gut", denke ich und gehe zum nächsten Kiosk. Vor mir steht ein Känguru-Vater in der Schlange mit seinem Kind, und letzteres quengelt gerade: „Papa, Papa, ich hab Sand im Beutel."

„Du kriegst ja gleich ein Eis."

„Dann hab ich aber immer noch Sand im Beutel."

„Und danach gehen wir schön baden."

„Ich will aber gar kein Eis."

Der Vater dreht sich zu mir um: „Gehen Sie ruhig schon mal vor."

Ich gehe also vor und kaufe mir ein Fischbrötchen.

„Ich will auch ein Fischbrötchen!", ruft das Kleine.

„Wir sind Kängurus, wir essen keinen Fisch."

„Dann will ich kein Känguru sein."

„Bist du aber."

Ich habe interessiert zugehört und frage das Kind: „Was möchtest du denn dann sein?"

„Ein Hai. Dann fress ich dich."

Genau in diesem Moment kommt eine Möwe um die Kiosk-Ecke geschossen und schnappt mir das Fischbrötchen aus der Hand. Das Kängurukind schnellt in die Höhe und erwischt die Möwe am Fuß. Letztere lässt ihre Beute wieder fallen und landet zeternd auf dem Kioskdach.

„Ich habe es gerettet. Darf ist es behalten?", fragt das Kind.

„Das ist doch ganz sandig", meint der Vater.

„Au fein, dann tu ich's auch in meinen Beutel."

„Ausnahmsweise, aber nachher lassen wir es wieder schwimmen."

„Wirklich? Lasst ihr mich wirklich nachher wieder schwimmen?", fragt das Fischbrötchen aufgeregt.

„Klar", antworte ich, „ich kauf mir ja eh ein neues."

„Mich, mich, mich!", rufen daraufhin alle Fischbrötchen aus dem Kiosk.

„Wenn Sie alle nehmen, bekommen Sie Rabatt", meint der Verkäufer.

„Papa, Papa, können wir alle kaufen?"

„Nein, können wir nicht."

„Oooh", machen die Fischbrötchen enttäuscht.

„Papa, ich will meins jetzt schwimmen lassen."
Die beiden Kängurus gehen ans Wasser, und ich schließe mich ihnen an.

Am Spülsaum angekommen, blicken wir auf das Meer.

„Verzeihung", meint da ein Pinguin auf einer Eisscholle, „ist das hier schon der Nordpol?"

„Noch nicht", antwortet das Fischbrötchen, „aber wenn du mich mitnimmst, zeig ich dir den Weg."
Der Pinguin nickt und leckt sich den Schnabel.

„Papa, Papa, ich will jetzt doch ein Eis."

„Nun lass doch erst mal dein Fischbrötchen schwimmen."

„Aber erst soll der blöde Pinguin da weg gehen."

„Sagt wer?", fragt der Pinguin.

„Ich, der australische Beutel-Hai", antwortet das Känguru-Kind, woraufhin sich der Pinguin erschrocken abstößt und wieder aufs Meer hinaustreibt.

„Lasst ihr mich jetzt endlich schwimmen?", fragt das Fischbrötchen.

„Na klar. Lasst uns doch alle baden gehen", schlägt der Vater vor.

„Ich will aber nicht baden, ich will ein Pinguin-Sandwich", mault das Känguru-Kind und schmeißt seine Flip-Flops ins Wasser.

„Verzeihung", meint ein australischer Beutel-Hai, der gerade zufällig vorbeikommt, „kann man die fressen?"

„Ein Hai, ein echter Hai!", freut sich das Känguru-Kind und hüpft aufgeregt hin und her, „Ich will auch ein Hai sein."

„So Kind, nun reicht's aber, wir müssen jetzt langsam wieder nach Hause."

„Nein, nein, ich will jetzt doch ein Eis."

„Das hättest du dir früher überlegen müssen."

„Bitte, Papi."

„Nächstes Mal, versprochen. So, und jetzt sag schön allen ‚tschüß'."

„Nein, wir wollen doch erst noch baden gehen. Außerdem muss ich meine Flipflops wieder holen."

„... und mich noch schwimmen lassen", ergänzt das Fischbrötchen.

„O. K.", nickt der Vater.

„Doch noch nicht tschüß!" Das Känguru-Kind steckt

einen Zeh ins Wasser. „Brrr, das ist viel zu kalt."

„Dann frag doch mal denn netten Hai da, ob er dir nicht vielleicht hilft."

„Aber gern", sagt der Beutel-Hai, „ich hab ja schließlich auch Kinder, ich weiß wie das ist." Dann schleudert er die Flip-Flops mit der Schwanzflosse an den Strand.

„Ich will auch eine Schwanzflosse."

„Wenn du groß bist, kannst du dir sicher eine leisten", meint der Hai und zwinkert dem Känguru-Kind zu.

„So Kind, nun lass jetzt mal endlich dein Fischbrötchen schwimmen."

„Ja, ja", ruft das Fischbrötchen aufgeregt und stürzt sich in die Fluten.

„Papa, Papa, können wir morgen wieder eins schwimmen lassen?"

„Nun wink doch erstmal zum Abschied."

Das Känguru-Kind winkt dem Fischbrötchen und dem Beutel-Hai, die Flosse an Flosse gemeinsam den Weg Richtung Nordpol einschlagen, noch kurz nach, dann verabschieden sich Vater und Kind auch von mir und verschwinden zwischen den Dünen. Und ich, ich gehe noch einmal zum Kiosk und kaufe mir endlich in Ruhe ein Fischbrötchen.

Lenes Steine

Lene sagte den Steinen „Gute Nacht" und knipste das Licht aus. Als die Mutter noch einmal nach ihr sah, schlief sie schon tief und fest und träumte von dem Strandtag, erlebte noch einmal, wie Tom kiloweise Muscheln, Schneckenhäuser und Seesterne in seinen Rucksack stopfte, während sie ein Glas mit weißem Sand füllte und dann immer wieder den runden Stein durch ihre Hände gleiten ließ, den sie dabei gefunden hatte. „Das ist ja ein echter Handschmeichler", hatte ihre Mutter gesagt, und Lene daraufhin nur noch nach glatten Steinen gesucht. Schließlich war ihr Rucksack so schwer geworden, dass ihr Vater ihn hatte tragen müssen. Und zu Hause hatte sie sich sofort in ihr Zimmer zurückgezogen, Toms altes Terrarium entstaubt und die Steine hineingelegt.

„Was ist das denn?", fragte die Mutter am Morgen, als sie die Gardinen aufzog.
„Mein Steinarium. Schau Mammi, das ist Zora." Lene deutete auf einen dunkelroten, fast eiförmigen Stein, der vorn im Steinarium lag. „Und das Zwerg Nase, und den weißen da hab ich Schneewittchen genannt."
„Lene, das sind Steine und keine Hasen oder Meerschweinchen. Apropos, denkst du an Wuschel und Fiep?"

Nach dem Frühstück lief Lene sogleich in den Garten und legte ihren Meerschweinchen Möhren und Salatblätter ins Gehege. Als sie danach wieder in ihr Zimmer kam, hatte sie den Eindruck, dass die Steine ein kleines bisschen anders lagen als vorher. Sie setzte sich vor das Steinarium, öffnete den Deckel und holte die rote Zora heraus. „Soll ich euch lieber umlegen?", fragte sie. Dann erstarrte Lene, Schneewittchen hatte sich bewegt. Oder einer der Steine hinter Schneewittchen. In diesem Moment stürmte Tom ins Zimmer: „Und, wie geht es deinen Steinen? - Was ist?"

„D...da!", Lene zeigte auf Schneewittchen, hinter dem soeben eine fette, grüne Raupe hervor gekrochen kam.

Tom grinste.

„Warst du das etwa? Du Idiot!"

„Hast du gedacht, die sind plötzlich lebendig geworden, oder was?"

„Natürlich sind die lebendig!" Lene klappte den Deckel zu, „Und wehe du gehst noch mal an mein Steinarium."

„Das ist immer noch mein Terrarium", gab Tom zurück, „da kann ich so viele Raupen reinsetzen wie ich will!"

„Aber nicht zu meinen Steinen. Iih, die sind ja ganz vollgeschleimt."

„Quatsch, Raupi schleimt doch nicht."

„Nimm das Vieh da sofort raus!"

„Tu ich nicht."

„Wo ist sie denn überhaupt?"

„Die hat sich sicher versteckt." Tom öffnete das Steinarium und hob einen Stein nach dem anderen hoch, aber Raupi war nicht mehr da. Nur an Schneewittchen und Zwerg Nase entdeckten sie grünlichen Schleim.

„Lass mich bloß mit deiner Raupe in Ruhe", fauchte Lene und scheuchte Tom aus dem Zimmer. Dann holte sie Schneewittchen und Zwerg Nase hervor und wischte die beiden ab.

„Tut mir leid", entschuldigte sie sich bei den Steinen, an denen immer noch ein Rest Grün klebte, ging ins Badezimmer und feuchtete ein Tuch an. Als sie zurückkam schien sich Zwerg Nase um zwei, drei Zentimeter bewegt zu haben.

„Ihr braucht das doch nicht heimlich zu tun, ich weiß ja, dass ihr lebt", sagte Lene zu Zwerg Nase und nahm sich die Schleimspuren erneut vor. Von Schneewittchens strahlendem Weiß allerdings ging ein Rest einfach nicht ab. Lene überlegte, dann trug sie nacheinander all ihre Steine auf einem Tablett in die Küche, sortierte sie in die Geschirrspülmaschine ein und stellte diese an.

„Was ist das denn?!", hörte Lene ihre Mutter rufen, da war es fast Mittag, und dann: „Marlene, du kommst sofort runter!"
Lene schlurfte in die Küche.
„Hast DU etwa die Steine da rein getan?"
„Die ... die waren so voller Raupenschleim, und der ging nicht mehr ab, und da ..."
„Ich will die hier nicht mehr sehen! Du bringst sie sofort in den Garten!"
„Aber mein Steinarium!"

„Das ist mir ganz egal, die Steine kommen raus!"
Also trug Lene ihre nun spülmaschinen-sauberen
Lieblinge nach draußen. Sie setzte sich neben das
Meerschweinchengehege und ordnete die Steine erst
nach ihrer Farbe, dann nach der Form und schließlich
nach ihrer Größe an. Dabei legte sie zunächst den
dicksten, einen hellgrauen namens Gandalf, zu den
Meerschweinchen und daneben den nächst kleineren
und so weiter, bis die Steinreihe eine bunte Schlange
im Gras bildete. Neugierig kamen Wuschel und Fiep
herbei. Wuschel schnupperte an der Steinschlange,
stieß ein schrillen Pfiff aus und schoss in sein Häuschen. Fiep flitzte hinterher.
„Was ist denn mit euch los?"
„Lene, Mittagessen!", rief es da aus dem Fenster, und
Lene lief ins Haus.

Als sie später zurückkam, waren ihre Steine kreuz
und quer im Meerschweinchengehege verstreut, und
an der Umzäunung hing ein Büschel rotweißer Haare.
Lene hob das Häuschen hoch: Fiep und Wuschel
waren nicht darin.
„Fiep, Wuschel!"
„Stress?" Tom gesellte sich dazu.
„Die sind weg! Und hier hängen Haare am Zaun."
„Das sind aber keine Meerschweinchenhaare. Die
kommen sicher von Kater Carlo."
„Ich dachte, der darf nicht nach draußen, höchstens
mal auf die Terrasse."
„Er hat sie sicher gefressen", meinte Tom.
„Nein, das kann nicht sein." Gedankenversunken
begann Lene, die Steine erneut nach ihrer Größe zu

ordnen, diesmal mit dem kleinsten beginnend bis hin zum größten, und als sie am Ende den grauen Gandalf hochnahm, fand sie darunter ... eine Meerschweinchenpfote.

„Tom", schniefte Lene, „das ist Wuschel." Dann kamen ihr die Tränen.

„Lene, Tom, kommt ihr mal!"
Die Kinder liefen zu ihrer Mutter.
„Frau Orths hat gerade angerufen, habt ihr Kater Carlo gesehen?"
„Der ... der hat ...", weiter kam Lene nicht.
„Er hat Fiep und Wuschel gefressen", sagte Tom.
„Pfote ...", stieß Lene hervor.
„Sie meint, er hat nur noch eine Pfote von ihnen übrig gelassen."
„Wie bitte!? Na, das seh ich mir mal an. Die kann aber was erleben, wenn ihr Mistvieh Fiep und Wuschel gefressen hat." Die Mutter schoss in den Garten, gefolgt von Lene und Tom, und schaute sich das Meerschweinchengehege an.
„Das sind doch Katzenhaare?" Tom deutete auf das Haarbüschel.
„Ja, eindeutig! Ich ruf gleich Frau Orths an. Lene, du bekommst ganz bestimmt zwei neue, das schwör ich dir."

Am nächsten Tag beobachtete Lene, wie Frau Orths Zettel an die Straßenlaternen klebte. Sie ging ihr nach und las, was darauf stand: „Rot-weißer Kater entlaufen. Hört auf den Namen CARLO. Finderlohn!", dann eine Telefonnummer. Lene kehrte um und ging noch einmal zu ihrem Meerschweinchengehege: Die Steine waren verschwunden! Lene hob das Häuschen hoch, und darunter lagen aufeinander gestapelt Schneewittchen, Zwerg Nase, Zora, Gandalf und all die anderen. „Habt ihr etwa Angst vor irgendetwas? Wisst ihr, wer Fiep und Wuschel gefressen hat?" Lene überlegte: Wenn Fiep, Wuschel und Kater Carlo einfach so verschwunden waren, dann waren sicher auch ihre Steine in Gefahr. Sie nahm Gandalf und Schneewittchen an sich, verbarg diese hinterm Rücken und trug sie heimlich zurück in ihr Zimmer. Das wiederholte sie mit den anderen und versteckte alle unter ihrem Bett. Dabei kam es ihr so vor, als ob Gandalf größer und schwerer geworden war, aber das konnte ja nicht sein.

Nach dem Abendessen begrub Lene Wuschels Pfote ganz hinten im Garten, streute etwas Sand auf das Grab und steckte ein paar Gänseblümchen hinein. Auf dem Rückweg zum Haus vernahm sie plötzlich ein lautes „Au!" aus der oberen Etage. Sie rannte in ihr Zimmer, riss die Tür auf und sah dort Tom auf dem Boden liegen, mit den Armen unter ihrem Bett herumtastend.
„Was machst du da?", fragte Lene scharf.
Tom zog die Arme hervor, sein rechter Mittelfinger blutete, und in der linken Hand hielt er Zwerg Nase.
„Ich hab mich an deinem blöden Stein geschnitten."
„Das ist Zwerg Nase."
„Das WAR Zwerg Nase!" Und ehe Lene ihn stoppen konnte, riss Tom das Fenster auf und warf den Stein hinaus. Dieser landete auf dem Weg und zersplitterte

in tausend Teile.

In der Nacht träumte Lene von ihren Meerschweinchen, und wie Kater Carlo in deren Gehege sprang und mit seinen Pfoten in dem Häuschen herumstocherte, in dem Fiep und Wuschel sich versteckt hielten. Das Häuschen fiel mit Gerumpel und lautem Knall um, und Lene wachte auf. Sie knipste das Licht an und entdeckte neben ihrem Bett eine Pyramide aus Steinen, die schon fast bis an die Matratze heranreichte. In diesem Moment geriet der oberste davon in Bewegung, bollerte den Haufen hinunter und knallte auf den Fußboden. Lene war nun hellwach.

„Was macht ihr denn da? Ihr weckt ja das ganze Haus auf." Schnell schob sie die Steine wieder unters Bett.
„Lene, was ist denn los?", ihr Vater stand in der Tür.
„Äh, ich bin aus dem Bett gefallen."
„Was bist du?"
„Ich hab schlecht geträumt ..., wie Kater Carlo Fiep und Wuschel umbringt. Ich wollte sie retten, und dabei bin ich aus dem Bett gefallen."
„Möchtest du lieber bei uns weiter schlafen?"
„Ach, nö." Lene kroch zurück unter ihre Decke und knipste das Licht aus. „Gute Nacht, Papi."

Als Lene am nächsten Tag aus der Schule kam, standen ihre Mutter und Frau Orths am Gartenzaun.
„Kater Carlo ist immer noch nicht wieder aufgetaucht", jammerte die Nachbarin, „Und haben Sie schon gehört? Der Zeitungsbote soll verschwunden sein. Man kann sich eben auf niemanden mehr verlassen." Dann ging sie zurück in ihr Haus.

„Das ist doch komisch. Erst die Meerschweinchen, dann Kater Carlo und jetzt der Zeitungsbote." Die Mutter überlegte.

„Ich weiß!", rief es da hinter ihnen, auch Tom war nun aus der Schule zurückgekehrt.

„Was weißt du?"

„Na, Kater Carlo hat die Meerschweinchen gefressen, und der Zeitungsbote hat Kater Carlo gefressen."

„Und wer hat dann den Zeitungsboten gefressen?", fragte Lene.

Vor dem Mittagessen gingen die Kinder noch einmal auf ihre Zimmer, und Lene schaute nach den Steinen. Diese lagen genauso unterm Bett, wie sie sie am Morgen verlassen hatte, und sie holte einen nach dem anderen hervor, sagte Zora, wie wunderschön sie sei und fragte Gandalf den Grauen, ob er zugenommen habe, sagte jedem ein paar liebe Worte, bis am Ende alle neben ihr lagen, nur Schneewittchen fehlte.

„Schneewittchen, wo bist du?"

Schneewittchen antwortete nicht. Lene kroch unter das Bett und zog all ihre Kisten und Kästen hervor, und hinter dem letzten lag ... Schneewittchen ... beziehungsweise eine weiße steinerne Hülle, die einmal Schneewittchen gewesen war, und daneben ein gutes Dutzend kleiner, schneeweißer Steinchen, die alle Schneewittchen bis aufs Haar glichen.

„Schneewittchen, was ist denn mit dir passiert? - Oh, ihr seid aber süß." Lene holte die Jungen hervor, ordnete sie im Kreis an und stellte Gandalf in ihre Mitte: Gandalf und die 13 Schneewittchen. Plötzlich hörte sie jemanden rufen. Lene öffnete das Fenster.

„Komm doch mal her!", rief Tom.

Kurzerhand räumte sie die Steine wieder unters Bett und lief in den Garten, ihr Bruder aber war nirgends zu sehen.

„Tom!"

Keine Antwort. Lene suchte überall, aber Tom blieb verschwunden. Ihr wurde ganz mulmig zumute, sie rannte zurück zum Haus.

„Buh!", machte es da plötzlich hinter einem Baum.

„Du Arsch, du hast mir total Angst eingejagt.

Tom lachte. „Komm, ich will dir etwas zeigen."

Widerwillig folgte Lene ihm zur Sandkiste. Dort lag ein Haufen aus weißem Sand und den Einzelteilen von Zwerg Nase, und daraus schaute eine Zeitung hervor. Sie zogen daran, weitere Exemplare kamen zum Vorschein und darunter ein halber Schuh.

„Der Zeitungsbote!", rief Tom.

„Zwerg Nase hat ihn gefressen."

„Quatsch, der Typ hat hier seine Zeitungen vergraben und sich n freien Tag gemacht."

„Nein, das waren Zwerg Nase und der Sand!"

Am Nachmittag wollte Lene die Steine wieder unter ihrem Bett hervorholen, aber diese waren nicht mehr da. „Zora, Gandalf, Schneewittchen 1 bis 13, wo seid ihr denn?"

Sie schaute hinter die Kisten und Kästen, unter ihren großen Stoff-Teddy und in den Kleiderschrank, aber die Steine blieben verschwunden. Lene lief zu ihrem Bruder: „Tom, die Steine sind weg!"

„Hm, vielleicht sitzen die ja in der Sandkiste und zerlegen jetzt den Postboten."

„Das ist überhaupt nicht lustig!"

Die Geschwister gingen in den Garten, doch in der Sandkiste war alles unverändert. In diesem Moment kam ihr Vater nach Hause.

„Papi, der Zeitungsbote ist verschwunden", berichtete Tom, „und wir haben seine Zeitungen in der Sandkiste gefunden."

„Was? Na, den knöpf ich mir morgen mal vor."

Die Mutter kam hinzu. „Falls er wiederkommt. Der ist ja wie vom Erdboden verschluckt."

„Das waren die Steine", flüsterte Lene.

„Lene, das ist kein Spaß, vielleicht ist ihm etwas zugestoßen."

„Der Sand hat ihn aufgefressen!"

„Lene, auf dein Zimmer!"

Wütend rannte Lene ins Haus, ging nach oben und schmiss sich aufs Bett. „Auuu!"

Sie war steinhart gelandet, sprang sofort wieder hoch und zog die Bettdecke zurück. Dort lagen Gandalf, Zora, die Schneewittchen-Jungen und all die anderen Steine … und zwar um viele kleine, schwarz-weiß gescheckte Kiesel herum.

„Lene, was machst du denn da?" Der Vater war ihr gefolgt.

„Papi, die haben Junge bekommen."

„Lene, du glaubst doch all diese Märchen nicht wirklich, oder?"

„Papi, sieh doch, ganz viele kleine Steine! Und in der Sandkiste war ein halber Schuh."

„Was!?"

„Ja, die Zeitungen und ein halber Schuh."

„Na, das lässt sich ja nachprüfen. Komm, Marlene!"
Sie gingen zur Sandkiste, und der Vater begann zu
graben. Immer mehr Zeitungen kamen zum Vor-
schein und dann auch eine Schirmmütze.
„Die hatte er immer auf, ich bin ihm ja morgens oft
begegnet." Der Vater wischte sich den Schweiß von
der Stirn.
„Glaubst du mir jetzt?"
„Er muss die Sachen hier vergraben haben."
„Nein, das waren die Steine."
„Lene, Steine leben doch nicht, die können nieman-
den auffressen."
„Das sind nur die vom Strand, Papi, und der Sand aus
meinem Glas, die anderen nicht."
„Die Steine sind doch bei dir im Bett."
„Ja, aber der Sand ... und Zwerg Nase." Lene berich-
tete ihrem Vater, wie Tom den Stein aus dem Fenster
geworfen hatte, und dass sich seine Einzelteile in der
Sandkiste versammelt hatten.
„Das ... das kann doch nicht sein! Aber nehmen wir
mal an, es wäre tatsächlich möglich ..., Lene, wir
schauen uns die jetzt ganz genau an."
Lene und ihr Vater gingen wieder ins Kinderzimmer:
Auf dem Bett lagen inmitten des Steinkreises nun
auch 20 gelbliche Kiesel, und am Fußende zudem
eine Schar kleiner, schwarzer Steinchen.
„Sie bekommen Junge", erklärte Lene erneut.
„Lene, das ... das kann nicht sein." Der Vater wurde
ganz blass. „Wir ... wir müssen etwas tun!"

Die Eltern schaufelten den gesamten weißen Sand
und Zwerg Nases Bruchstücke in die Regentonne,

dazu die obersten 20 Zentimeter des restlichen Sandes, dann verklebten sie Tonne und Deckel mit Isolierband und rollten das Ganze zum Wagen. Unterdessen lief Tom nach oben, und Lene holte einen großen Eimer aus der Garage. Als sie damit ins Haus ging, hörte sie aus dem Obergeschoss Schreie. Sie rannte die Treppe hinauf: Auf ihrem Bett lag Tom, und alle kleinen Steine hatten sich in seine Kleider verbissen, einer hing sogar an seiner Hand. „Hilfe!" Lene zerrte an den Steinchen, aber diese ließen nicht los, sondern raspelten weiter Toms Hose und Pullover in winzige Fetzen.

„In die Wanne!", rief Lene und zog ihren Bruder schnell ins Bad.

In voller Montur legte sich dieser in die Badewanne, und Lene drehte den Wasserhahn auf. Und tatsächlich, als die Steine mit dem Nass in Berührung kamen, ließen sie von Tom ab und sanken zu Boden.

Auch die Eltern kamen nun hinzu.

„Schnell!", rief der Vater, während er den Eimer mit kaltem Wasser füllte, „Pack die großen ein!"

Lene lief in ihr Zimmer und setzte sich zu Zora und den anderen, die weiterhin reglos auf ihrem Bett lagen. „Wir müssen euch leider zurückbringen", flüsterte sie und nahm zwei der eiförmigen Steine in ihre Hände, „da, wo wir euch hergeholt haben." Dann packte sie alle in ihren Rucksack und schleppte diesen zum Auto. Der Vater stellte den verschlossenen Steinchen-Eimer auf die Rückbank, legte zwei Bretter an die Stoßstange, und darüber schoben sie die Tonne in den Kofferraum.

Die Strecke, für die sie ein paar Tage zuvor noch vier Stunden gebraucht hatten, schafften sie dieses Mal in zweieinhalb. Der Vater fuhr auf den Parkplatz, von dort aus auf die Strandpromenade und zwischen den Dünen hindurch direkt ans Meer. Dort warf er zuerst den Rucksack hinein und schüttete die Kiesel in die Wellen, dann rollten die Eltern gemeinsam die Regentonne bis zur Spitze eines Stegs und stießen auch diese ins Wasser.

Auf dem Rückweg fielen Lene und Tom die Augen zu, und die Mutter weckte sie erst, als sie kurz nach Mitternacht wieder zu Haus angekommen waren. Die Kinder putzten noch schnell ihre Zähne, dann gingen sie zu Bett. Als die Mutter nach Lene sah, schien diese schon tief und fest zu schlafen. Doch als sie das Kinderzimmer wieder verlassen hatte, stand Lene noch einmal auf und griff in die Tasche ihrer Hose. „Gute Nacht, Zora", sagte sie und versteckte ihren Liebling ganz hinten unter dem Bett.

Der Hühnergott

„Hee, ich hab ihn zuerst gesehen", fauchte Lene.

„Kannst ihn ruhig haben." Der Junge wandte sich ab, und Lene hob den Hühnergott auf, blickte durch das runde Loch in dem gelb-schwarzen Feuerstein, dann lief sie ans Wasser und spülte ihn ab. Plötzlich vernahm sie die Stimme des Jungen hinter sich: „Schnell weg damit! Meine Eltern kommen!"

Lene ließ den Stein unauffällig in die Tasche gleiten und hob eine Muschel auf.

"Max, wir suchen dich schon überall!"

„Wir spielen. Das da ist ..."

„... Lene", stellte Lene sich vor, „Wissen Sie, was das hier für eine ist?"

„Muscheln", schnaubte Max' Vater. Und die Mutter machte eine abfällige Geste.

„Darf er noch etwas bleiben? Bitte, meine Eltern und Tom machen eine Hafenrundfahrt, und ich hab niemanden zum Spielen."

„Mädchen, misch dich da nicht ein. Und jetzt komm, Max!"

Max aber stand nicht mehr neben ihnen, sondern war offenbar in die Dünen gelaufen oder sogar in das angrenzende Wäldchen, jedenfalls war er nicht mehr zu sehen.

„Ach, lass ihn! Komm, Merletta, wir haben keine Zeit."

Lene blickte Max' davon eilenden Eltern nach, dann lief sie ebenfalls in die Dünen.

„Sind sie weg?", flüsterte Max aus dem hüfthohen Dünengras.

„Da bist du ja. Was war denn mit denen los?"

„Ach, die sind völlig wild nach diesen Dingern. Alle müssen danach suchen."

„Wonach?"

„Na, nach Hühnergöttern. Wenn die mitbekommen hätten, dass du mir einen weggeschnappt hast, dann …" Max machte eine Geste, als ob man ihm den Hals abschnitte.

Lene lachte. „Also, ich sammel so was gern."

„Ja, aber wir haben schon Dutzende davon. Ich will auch mal baden gehen oder ne Sandburg bauen, nicht immer nur diese blöden Steine. Komm mit, ich zeig dir was."

Sie robbten zur Kuppe der Düne und beobachteten von dort aus das Treiben am Strand.

„Da, der da, der sucht auch nach Hühnergöttern." Max deutete auf einen Mann mittleren Alters mit Rucksack, der am Strand entlang schlenderte, den Blick ununterbrochen zu Boden gerichtet.

„Klar …, und du bist Justin Bieber."

„Wirklich! Er gehört zur Konkurrenz."

„Was für Konkurrenz?"

„Na, die Sandalos. Schau dir mal seine Schuhe an. Und?"

„Sandalen."

„Eben, ein Sandalo. Die suchen alle danach."

„Ach, und wozu gehören deine Eltern?"

„Zu den Steindeutern."

„Ja, ja, und sie lesen aus den Hühnergöttern die Zu-
kunft, oder was?
„Du bist doof. Komm, lass uns ne Sandburg bauen."
Die beiden Kinder liefen zum Wasser und hoben mit
den Händen einen Graben aus, häuften dann feuchten
Sand an und formten daraus eine Burg. -

„Hallo Lene! Guck mal, was ich hab!" Ihr Bruder
Tom stand plötzlich neben ihnen und hielt etwas in
die Höhe. „Bernstein, hat mir der Kapitän geschenkt,
ätsch."
„Selber ätsch." Lene zog ihren Hühnergott aus der
Tasche. Schau, was ICH gefunden hab."
„Einen blöden Stein mit Loch."
„Einen Hühnergott."
Auch Lenes Eltern kamen nun hinzu. Und gleichzei-
tig sprang eine junge Frau herbei, riss Lene den Stein
aus der Hand und rannte davon.
„Hee, was soll das?!" Der Vater sprintete hinterher,
gab aber kurz danach wieder auf und kehrte zurück.

„Eine Steindeuterin, eindeutig", meinte Max.
„Und wer bist du?"
„Max", antwortete Lene an seiner Stelle, „Es gibt
Steindeuter und Sandalos, und alle, alle suchen sie
nach Hühnergöttern."
„Was ist das denn?", fragte da plötzlich Tom und
deutete aufs Wasser: Auf den Wellen trieben hunder-
te von Blüten.
„Da ist wohl ein Blumenfrachter untergegangen",
lachte die Mutter, „Schade um die schönen Lilien."
„Kein Blumenschiff", flüsterte Max Lene ins Ohr.

„Kommt Kinder, wir gehen Eis essen. Max, du bist eingeladen."

Auf dem Weg zum Kiosk fragte Lene Max, woher denn seiner Meinung nach die Blumen kämen.
„Na, vom Großen Guru. Der vor zwei Wochen gestorben ist. Gestern haben wir hier seine Asche ins Meer gestreut. Seebestattung. Wir alle haben Blumen geworfen."
„Du spinnst doch."
„Gar nicht. Was meinst du, warum wir Hühnergötter suchen. Wegen der Nachfolge." Und dann erklärte Max Lene, dass nach dem Tod des Großen Gurus derjenige zum neuen Großen Guru würde, der ‚The Big One' fände, einen Hühnergott mit zwei Löchern.

„Kinder, jeder drei Kugeln."
Tom wählte als erster aus, bohrte mit dem Plastiklöffelchen ein Loch in die oberste Eiskugel und rief: „Schaut mal, ein Eisgott!"
Anschließend schlenderten sie alle zum Strand zurück, sahen zu, wie ein Junge einen Haifisch-Lenkdrachen durch die Luft dirigierte, beobachteten die Surfer, von denen einer gerade auf den Strand zugeschossen kam, aber nicht abbremste, sondern direkt auf einen Mann mit Rucksack zuraste, der sich soeben im knöcheltiefen Wasser nach etwas gebückt hatte. Das Surfbrett rammte ihn mit voller Wucht, riss ihn von den Beinen, sein Kopf krachte gegen den Mast, der Mann sackte in sich zusammen, und das Wasser färbte sich rot. Jemand zog den Verletzten ins Trockene, ein anderer rief einen Krankenwagen, es

bildete sich eine Menschentraube.

„Da!", flüsterte Max Lene zu und deutete neben den Pulk: Der Surfer nutzte den Tumult offenbar, um sich davon zu schleichen, in der Hand den Rucksack des anderen.

Lene war entsetzt. „Der haut ab!"

„Das ist ein Steindeuter. Und der mit dem Rucksack ein Sandalo. Das war kein Unfall."

„Was war kein Unfall?", fragte Lenes Vater.

„Max meint, dass das …"

Der Klang eines heran nahenden Martinshorns übertönte ihre Worte, ein Rettungswagen rollte an den Strand, ein Arzt sprang heraus, untersuchte das Opfer, allerdings nur kurz, dann wandte er sich den Sanitätern zu und schüttelte den Kopf.

„Glaubst du mir jetzt?", flüsterte Max Lene zu.

„Du meinst, Mord?"

„Ja. Er wollte dem anderen die Steine abjagen. The Big One. Alle wollen Guru werden."

„Kommt Kinder, wir wollen hier nicht gaffen. Lasst uns zur Steilküste gehen. Max, du kannst auch mitkommen."

Sie spazierten den Strand entlang, dieser wurde zunehmend steiniger, das Gelände stieg landseitig an und wurde schließlich zur Steilküste.

„Bleibt immer nah am Wasser. Da am Hang kann Sand runterkommen, das kann lebensgefährlich sein."

„Seht doch mal, schon wieder Blumen", bemerkte die Mutter, „und noch ganz frisch!"

„Max meint, die kommen von einer Seebestattung."

„Hee!", rief da Tom und deutete zur Landseite, „Die

dürfen das, und wir nicht."

Ein Pärchen in Sandalen schlurfte am Fuß der Steilküste entlang, die Augen aufmerksam zu Boden gerichtet.

„Weg da!", rief der Vater, „Schnell weg!" Doch zu
spät. Etwas Erde hatte sich ganz oben gelöst, riss den
darunter befindlichen Sand mit und rutschte abwärts,
genau auf das Paar zu. Die beiden hechteten Richtung
Wasser, wurden aber von der Minilawine eingeholt
und umgeworfen. Der Mann rappelte sich wieder auf,
die Frau dagegen steckte bis zu den Knien im Sand.
Sie konnte sich aber ebenfalls befreien und war zum
Glück unverletzt geblieben, hatte aber offenbar einen
Schock erlitten, denn sie jammerte ununterbrochen:
„Meine Sandalen, wo sind meine Sandalen?"

Max zog Lene beiseite: „Sandalos. Das war kein Erd-
rutsch. Ich hab jemanden gesehen, da oben. Ich glau-
be, das war Absicht."

„Mama, Papa, schaut mal!" Tom hielt einen Stein in
die Höhe, den er soeben gefunden hatte, einen grau-
en, stark gefurchten Feuerstein mit zwei Löchern
darin.

„Ein Bigott", lachte die Mutter.

Das Pärchen hingegen wurde ganz blass, der Mann
zückte sein Handy und tippte hektisch darauf herum.

Lene, ihre Familie und Max kehrten um, verließen
den Bereich der Steilküste wieder und machten anschließend eine Pause.

„Wer kommt mit baden?", fragte die Mutter.

„Ich, ich!", riefen die Kinder erfreut.

Der Vater legte sich in die Sonne, während die Mutter, Lene, Tom und Max in die Wellen sprangen.

„Huh, ist das kalt!"

„Ach, wenn man erst mal drin ist, dann ist das gar nicht mehr so schlimm."

Die Kinder spielten Ball, schwammen um die Wette, tauchten untereinander hindurch und spritzen sich nass. Dann kehrten sie ans Ufer zurück.

„Was ist das denn?"

Menschengruppen näherten sich von beiden Seiten. Tom weckte den Vater auf, in dem er ihm Wasser auf den Bauch tropfen ließ. „Papa, guck mal, Menschenauflauf."

„Wo kommen die denn alle her?"

Die erste Gruppe hatte sie fast erreicht und blieb nun stehen. Immer mehr Leute kamen hinzu und bildeten schließlich einen Halbkreis, wobei die auf der einen Seite überwiegend Sandalen trugen, während auf der anderen viele barfuß gingen, darunter Max' Eltern.

„Max, du kommst sofort hierher!"

Max trocknete sich ab und tat so, als habe er nichts gehört.

„Deine Eltern, Max", flüsterte Lene.

„Ich weiß. Aber ich bleib lieber bei euch. Das könnte echt gefährlich werden."

„Gefährlich, wieso das denn?", fragte der Vater, dann rief er: „Ey, Leute, was wollt ihr von uns?"

„Gebt den Jungen heraus!"

„Max, was hat das zu bedeuten?" Der Vater schob Max in Richtung seiner Eltern.

„Nicht den. Den anderen!"

Tom wurde blass.

„Was, was wollen Sie von unserem Sohn?"
In der Menge setzte daraufhin Gemurmel ein, aus dem sie immer wieder die Worte „The Big One" heraushörten.
„Sie wollen den Stein", erklärte Max, „den Hühnergott. Wer ihn besitzt, wird nämlich Oberguru."
Tom grinste. „Ha, dann bin ich ja jetzt der Boss hier."
Er kramte seinen Fund aus der Strandtasche hervor und hielt ihn in die Höhe.
„Aaaah! Ooooh!", machte es um sie herum.
„Wer will ihn haben?", rief Tom, „Nur 100 Euro."
„Tom, hör auf damit!", zischte Max.
Doch einige traten bereits hervor, mit Geldscheinen in der Hand.
„Äh, nee, äh, 200 ..., äh, 500 wollte ich sagen."
„Junge, nimmst du auch Schecks?"
„1.000, ich biete 1.000!"
In diesem Moment schoss von hinten ein Mann auf Tom zu, erreichte ihn aber nicht, denn Max stellte ihm gerade noch ein Bein.
„Zurück!", zischte Tom, und die gesamte Menschenmenge wich einige Meter zurück.
„2.000!", brüllte einer.
„2.500!"
Da stellte sich Max vor Tom auf. „Was soll das?! Man kann ‚The Big One' nicht kaufen. Tom ist jetzt unser Guru."

Die Leute waren verblüfft, dann fragte einer Tom: „Auf welcher Seite stehst du, Sandalos oder Steindeuter?"
Und ein anderer rief: „Oh, Großer Guru, lass uns an

deiner Weisheit teilhaben!"

Es wurde mucksmäuschenstill, alle Augen richteten sich auf Tom.

„Du sollst etwas sagen", flüsterte Lene ihrem Bruder zu.

„Ich? Was soll ich denn sagen?"

Um sie herum setzte wieder Getuschel ein, aber nur kurz, denn plötzlich räusperte sich Tom, und alle verstummten, dann fragte er leise: „Hat jemand Schokolade?"

„Schokolade, der Große Guru verlangt nach Schokolade."

Sandalos wie Steindeuter durchwühlten ihre Taschen und Rucksäcke, mehrere traten hervor und hielten Tom Tafeln, Riegel und Überraschungseier entgegen.

„Kannst du sie einsammeln", bat er seine Schwester, und Lene nahm die Gaben in Empfang. Tom suchte sich eine Tafel aus und aß.

„So, jetzt ist der Große Guru gestärkt und wird zu uns sprechen. Sag, was bist du? Sandalo oder Steindeuter?"

„Weder noch. Ich bin gar nichts."

„Was? Das geht doch nicht!"

Die Menge rückte wieder näher heran. Da riss Lene Max den Stein aus der Hand und rief: „Ihr spinnt doch alle! Nur wegen dem soll mein Bruder plötzlich Guru sein? Verschwindet!"

Wütendes Gemurmel machte sich breit.

„Das ist doch nur ein Stein. Davon gibt es tausende!"

„Sie ist es nicht wert, ihn in der Hand zu halten. Gib ihn sofort dem Großen Guru zurück!"

„Er ist nicht euer Guru!", rief der Vater, „Wir machen

hier bloß Urlaub. Gehen Sie nach Hause!"
Die Menge kam nun bedrohlich nah. Da pfefferte
Lene den Hühnergott auf den Boden, und alle erstarr-
ten: Das Objekt der Begierde traf auf einen Stein und
zersprang in zwei Teile. Schlagartig wurde es toten-
still.

Lene hob die Bruchstücke wieder auf und flüsterte
Tom etwas ins Ohr, dann sagte sie laut: „So, das ist
jetzt euer Hühnergott!" Sie warf den Steindeutern die
eine Hälfte hin, „Und das hier ist eurer." Die Sandalos erhielten die andere Hälfte. „Und nur, wenn ihr an
einem Strang zieht, wird er euch den Weg weisen."
„Genau", bekräftigte Tom.
„Er ist es, er ist es!", rief eine Frau.
„Ja, das ist Weisheit. Es lebe der Große Guru! Er hat
uns geeint."
Und die vormals verfeindeten Gruppen der Steindeuter und Sandalos fielen sich in die Arme, klopften
sich auf die Schultern und lachten und jubelten.

„Ist das hier etwa die Versteckte Kamera, oder was?",
fragte die Mutter.
„Jetzt wisst ihr, warum ich es nicht mehr ausgehalten
habe", meinte Max.
„Und nun?"
Die Familie und Max bildeten einen Kreis und berie-
ten sich, dann erhob der Vater das Wort: „Leute, jetzt
spricht der Vater vom Großen Guru. Und alles, was
ich sage, ist, als würde es der Große Guru selbst sagen. Nicht wahr, Tom?"
Tom nickte zustimmend.

„Hört mir gut zu! Jede Gruppe hat jetzt eine Hälfte von ‚The Big One'. Keine davon kann ohne die andere sein. Ist es so, Tom?"

Tom nickte erneut.

„Habt ihr das alle verstanden?"

Zustimmendes Gemurmel.

„Steinhüter, kommt jetzt zu mir."

Die beiden Personen, die die Steinhälften aufgehoben hatten, traten hervor.

„Und nun haltet eure Hälften gegeneinander."

Die Angesprochenen taten dies.

„Werdet ihr jetzt vor den Augen des Großen Gurus für immer Frieden schließen?"

„Ja", murmelten einige.

„Er will euch alle hören, also: Wollt ihr auf ewig Frieden schließen?"

„Ja! Ja! Es lebe der Große Guru!"

„Und noch ein letztes: Der Große Guru wird nicht mehr zu euch sprechen, nie wieder. Er wird gar nicht mehr in Erscheinung treten. Doch wenn ihr euch nicht vertragt, dann wird euch sein Fluch aufs Schwerste treffen."

Die Menge schrak zusammen.

„Genau, dann trifft euch mein Fluch!", wiederholte Tom.

Einige zitterten.

„So, und jetzt geht. Der Große Guru braucht seinen wohlverdienten Urlaub."

Die Menge folgte der Aufforderung und zerstreute sich. Und erstmals wanderten Steindeuter und Sandalos gemeinsam den Strand entlang, lachten und redeten miteinander und waren glücklich.

Nur Tom erstarrte plötzlich und deutete zu Boden:
„D-da, ein, ein Stein mit DREI Löchern."
„Was?!", riefen Lene, Max und die Eltern wie aus
einem Munde.
„Ätsch, reingelegt, war nur'n Scherz!"

Und dann begann endlich ihr Urlaub.

Das Titanic-Menü

„Wetten, dass du das nicht tust?"

„Wetten doch."

Wir hatten soeben ein exquisites Fünf-Sterne-Restaurant passiert, und nun musste ich wegen dieser blöden Wette erstens es betreten, zweitens dort üppig speisen und drittens, das war die Hauptsache, währenddessen einen lustigen Text darüber schreiben.

Tja, Wette ist nun mal Wette, also trat ich ein. Der Portier musterte mich von oben bis unten. Ich aber blieb cool und sagte: „Pfifferlingssuppe, Feldsalat, Steinbeißerfilet, Boeuf Stroganoff, Crêpe Suzette, Fromage de la Campagne und n kleinen Cappuccino zum Abschluss."

Der Portier sagte: „Krawatte!"

Ich sagte: „Notfall!"

Der Portier sagte: „Bakschisch."

Ich schlug dem Mann einen Deal vor: Wenn er mir jetzt hülfe, dann würde er persönlich in meinem lustigen Text vorkommen, den ich aufgrund einer Wette schreiben müsse, und zwar genau jetzt und hier bei einem üppigen Mahl. Daraufhin reichte mir der Mann eine Karte. Ich lächelte, schlug diese auf und las:

„Einfache Krawatten 10 Euro, brauchbare Krawatten 40 Euro, Restaurant-Krawatten 90 Euro, hochwertige Krawatten: ab 149,99"

Ich schluckte und deutete auf „Einfache Krawatten".
Der Mann deutete auf ein Schild über mir: HOCH-
WERTIGE KRAWATTEN ONLY.
Ich schlug ihm daraufhin eine Erweiterung unseres
Deals vor: Wenn ich die hochwertige Krawatte güns-
tiger bekäme, erhielte er dafür sogar die Hauptrolle in
meinem Text. Ich bekam das Teil dann für 80, unter
der Bedingung des Portiers, dass er nicht in meinem
Text vorkäme.

Anschließend führte er mich an einen Tisch und
reichte mir erneut eine Karte, ich las: „Consommé de
Crème de la Crème, Beluga-Kaviar, Südseehummer
an Trüffelsorbet, Tartine aux Framboises, 27 Jahre
lang in südfranzösischen Höhlen gereifter Blau-
schimmelkäse, dazu Boissons au choix"
Der Mann sah mich irritiert an, nahm mir die Karte
wieder aus der Hand und drehte sie um: „Für Sie das
da, das Titanic-Menü."
„Wie bitte?"
„Das Titanic-Menü: zunächst Eisberg-Salat, dann
‚Trübe Brühe kalt serviert', als Hauptgang ‚Haifisch-
flosse Nordmeer', anschließend Eis." Gleichzeitig
setzte leise Musik ein: TIME TO SAY GOOD-BYE.
Ich dachte nur „Zaunpfahl" und verließ das exquisite
Fünf-Sterne-Restaurant wieder … mit knurrendem
Magen, um 80 Euro ärmer, dafür aber mit einer
hochwertigen Krawatte um den Hals und einer verlo-
renen Wette im Gepäck. Aber egal, immerhin ist ein
Text dabei entstanden.

Wahnsinn

Wahnsinn liegt in der Luft, im Park, Wahnsinn wie
die Blätter sich abzeichnen gegen den Himmel, ich
bin Jan, Jan im Park, Jan aus der Haustür dahinten,
der mit der Frisbeescheibe, und: Jan am Kiosk.
Wahnsinn ... und Bier ... und Kippen.
„Hey was hast du gekauft, Jan?"
Bier ... und Kippen und: Wahnsinn! Ach ja, und ne
Zeitschrift.

Ich bin Jan, Jan im Park, und Wahnsinn im Park ...
und Iris ... und ein Hund.
„Kannst du nicht aufpassen?", sage ich zu dem Hund,
„Ich bin Jan, Jan aus der Haustür da hinten. Au, au ...,
aus jetzt, du Köter!"

Wahnsinn, ey, wie sich diese Scheibe dreht, diese
Frisbeescheibe. Hi Marten, hi Ella, hi Florian ..., hi
... Wahnsinn! Ja, ich bin Jan, Jan aus dem Park, und
Iris ... lächelt mich an. Geil ey, Iris lächelt. Oder steht
da noch jemand hinter mir? Ich dreh ich mich ganz
schnell um. - Nein, sie meint mich, ey, geil. Und die
Blätter zeichnen sich ab, voll geil, und der Köter lässt
mich los, das ist auch geil, und klaut meinen Frisbee,
das nicht!

Ich bin Jan, Jan aus dem Park, und mein Frisbee ist

jetzt nur noch Plastik-Raspel, scheiße, ey. Ach was, egal, Iris lächelt mich an.

„Du bist so genial, Iris", sage ich zu ihr, „Voll genial."

Wahnsinn, so was hab ich ja noch nie gesagt.

Und sie lacht mich voll an, ey, und die Blätter zeichnen sich ab, gegen den Himmel da oben, und das ist so was von roman..., äh, geil, ey.

Und jetzt hängt der Köter wieder an meinem Bein.

Egal! Ich bin Jan, Jan, der mit dem Köter tanzt, Wahnsinn.

„Kannst du nicht loslassen", sage ich zu dem Köter.

Scheiße, ey, da steht sein Besitzer hinter mir ... und will den Köter wieder haben, scheiße.

„Lass los!", sage ich, „Lass los, du blöder Pinscher!"

Der lässt aber nicht los, fuck, sondern ... beißt ... zu.

„Au, au ..., aus!", rufe ich. Und dann ... packt mich der Besitzer am Schlafittchen und schüttelt mich, und der Köter packt mich auch und schüttelt mich auch, aber egal: Iris lächelt mich an.

„Lass los!", sagt da Marten zu dem Besitzer, „Lass ihn los!", ruft auch Ella, „Lass los!", schimpft Florian, der Besitzer aber lässt nicht los.

„Lass los!", brüllt nun auch Iris.

Geil, ey, Iris brüllt, sie brüllt für mich, das ist so was von geil, ey. Aber der Besitzer lässt nicht los, scheiße.

„Lass los!", brüllt Iris erneut, und zwar noch lauter, und der Besitzer ... lässt ... los.

„Willst du n Bier, ey?", frage ich ihn cool.

Und Iris lächelt, voll geil, ey, ich bin Jan, Jan im Park und aus der Haustür dahinten, Jan der Pinscherbesieger, der dem Besitzer voll cool n Bier anbietet, geil, ey, und der Besitzer nimmt das Bier, ey, geil, und haut es mir über den Kopf. Scheiße …, das schöne Bier! Und der Köter raspelt jetzt meine Kippen und meine Zeitschrift, und mein Schädel brummt, aber das ist mir ganz egal, denn Iris lächelt. Geil, ey. Und der Köter rennt endlich weg, haha! Und der Besitzer rennt hinterher, haha! Und meine Beule wird immer größer. Egal, denn Iris kommt auf mich zu. Wahnsinn, ey, sie kommt auf mich zu, ey, und ich bin Jan, Jan aus dem Park, Jan, ohne Frisbee und ohne Bier und ohne Kippen, aber egal, Iris lächelt ... und kommt näher ... und streicht mir über die Beule.

„Au, au ...“ Auf jeden Fall will ich mehr davon. Und es tut auch überhaupt nicht mehr weh, und Iris schaut mir in die Augen, voll der Wahnsinn, ey. Und ich schaue zurück, ey, schaue Iris in ihre Iris. Geil, ey, so was hab ich ja noch nie gemacht. Und nun schaue ich nur noch in Iris' Iris, und Iris schaut in meine Iris, und meine Iris ist sie jetzt und schaut mich voll an, ey, voll der Wahnsinn, und jetzt muss etwas passieren!

Ich öffne meine Lippen, voll der Wahnsinn, ey, und dann: Mein Mund und Iris' Mund und nur noch ein Mund, voll der Wahnsinn, ey. Und alles ist mir jetzt egal, ey, der Köter ist mir egal, und Marten ist mir egal und Ella sowieso, und Florian ist mir egal. Nur Iris nicht, die ist voll der Wahnsinn, ey!

Und Iris' Mund und mein Mund und ihrer und meiner, und meine Zunge und ihre Zunge, Wahnsinn! Ja, ich bin Jan, Jan aus dem Park, aber den verlassen wir jetzt, Iris und ich. Wahnsinn, ey, ich bin Jan aus der Haustür dahinten, und genau da gehen wir jetzt hin. „Wahnsinn, ey, du bist voll der Wahnsinn!", sage ich zu Iris, und wir gehen durch die Haustür, ey, geil, ey. Und alle anderen müssen draußen bleiben, das ist noch geiler, und jetzt: Nur noch Jan und Iris, und Iris und Jan und nichts anderes mehr, und nichts mehr an, sowas von geil, ey, und dann nur noch: der nackte ... Waaaahnsinn!

Die Wahrheit über Herrn von Ribbeck

Herr von Ribbeck auf Ribbeck im Havelland
ganz plötzlich im Garten nen Apfel fand.
Seit jeher zur goldenen Herbsteszeit
sich von Ribbeck auf Ribbeck an Früchten erfreut.
Er putzte ihn blank, und er biss hinein,
die Kerne, im Anschluss, er pflanzt' sie ein.
Und irgendwann später, an seinem Grab,
es ebenfalls Bäume mit Äpfeln gab
zur Freude der Kinder im Havelland.
Den Birnbaum erst später Fontane erfand.

Alsterabend

Studis flegeln sich
auf Stegen Bänken Rasenflächen,
um mit Ihresgleichen
über Weltveränderung zu sprechen,
während Kellnerinnen weiß vorübersegeln
an den Booten.
Parkbenutzung ist hier überall
erlaubt.
In Kähnen unterm Lindenlaub
entblättern Paare die Gefühle,
während im Gewühle auf der Wiese
diese noch zu diskutieren sind.
Ein Kind versenkt am Ufer
Alsterdampfer aus Papier,
bis ein paar Jungen dort durchs Wasser springen.
Schlipse ordern literweise Bier,
sie trinken auf geschäftliches Gelingen,
während Kellnerinnen
mit Getränk und Speisen weiter segeln
und Studenten weiterhin
im Park die Weltgeschichte regeln.

Dichten auf Befehl

Dieses Gedicht
schreib ich nicht.

Let's sing!

Mein nachfolgender Text ist ein rührseliges Road-Movie in fünf Teilen, und er heißt: „Let's sing!"

Ouiuu-ouiuu-ouiuu-ouiuu.

EINS

Resi, die Sirene, fand ihr Leben sinnlos
- ooooh -
an einem Haus, worin sich bloß
nichts befand, nichts mehr,
denn daraus war die Feuerwehr,
der Resi einstmals diente, ausgezogen,
und Resis Lebenslust total verflogen.

So gerne würde sie doch weiter
sehen, wie die Fire-Fighter
auf ihren, Resis Ruf hin kamen
und wie sie ihre Wagen nahmen,
die roten, mit Tatütata und Leiter.

Doch nun war Resi überflüssig.
Drum riss sie irgendwann - des Wartens überdrüssig -
das Kabel ab, an dem sie hing,
ein hässlich graues Ding,
verließ die Wand, das Haus, das Kaff

und ging auf Wanderschaft,
wobei sie fröhlich sang
beziehungsweise Töne machte,
wie„kling"
und „klang",
dann auch noch „klong" und immer mehr.
Sie dachte nicht mehr an die Feuerwehr,
da traf sie Rosi, die Rosine.

ZWEI

„Fuck verdammt!"
Letztere war laut am Fluchen,
weil ihre Freunde allesamt
in Ei und Butter,
Mehl und Zucker
in einem Ofen buken,
das Ziel: „Rosinen-Kuchen".
Mmmmm!

Doch Rosi, die vergessene Rosine,
hatte daraufhin auf Küche
nicht mehr den geringsten Bock,
entschwand, den Mund voll derber Flüche,
die sie laut und rhythmisch röhrte,
und jeder, der sie dabei hörte,
dachte irgendwie sogleich an Rock.
So ward aus Rosi mit der finstren Miene
Rosi, die rockende Rosine.
Und kurz danach, beim Wandern,
trafen - singend die eine und rockend die andre -
Resi und Rosi aufeinander.

DREI

„Kling-klang, kling-klang."
„Ööäh! Du klingst ja fürchterlich."
Rosi grinste über Resis Klingklang.
„Und du hältst dein Geröhre ja wohl hoffentlich
nicht für Gesang, oder?"
Da mussten beide lauthals lachen
und beschlossen kurz entschlossen,
gemeinsam durch die Welt zu ziehen und Musik zu
machen.

Gesagt, getan.
Und irgendwann,
sie waren grad beim Proben,
da hörten sie dicht neben sich von oben
ein „Miauuu-uu-uu-uu!" Doch war es keine Katze,
nein, stattdessen blickten sie
in eine arrogante Fratze rein,
die von Walter,
der sich lustig machte
über sie.

„Ey Alter, immer sachte,
willst du Streit?
Du bist nur einer, und wir, wir sind zu zweit."
„Hahahaha." Walter kriegte sich vor Lachen kaum
noch ein:
„Ihr beiden seid so klein,
und ich bin riesig groß!
Ich bin Walter, die wummernde Walze,
und das, was ihr da macht, das ist doch bloß

Katzenmusik
- Miauuu-uu-uu-uu! -
euch fehlt der richt'ge Beat:
Rattattazong, rattattazong."
„Du Arsch, dann mach doch mit!"
„Ihr glaubt doch nicht, dass ich den Straßenbau ver-
passe
und für die Walz das Walzen lasse?
Rattattazong, rattattazong."

VIER

Rattattazong.

„Was willst du denn dein Leben lang mit Back-
groundbeat?
Straßen halten zwar ne lange Zeit,
doch unsere Musik
ist für die Ewigkeit,
na los, komm mit!"

Hm? Walter, die wummernde Walze war irritiert.
Und Resi, dies erkennend, lächelte ihn an:
„Hey, ich bin Resi, die singende Sirene,
und das ist Rosi, die rockende Rosine,
und Walter, mit dir zusammen,
mit deinem geilen Beat,
wird garantiert
ein jeder unsrer Songs zum Hit."

Und Walter, die wummernde Walze,
war plötzlich total inspiriert,

begann zu rattern und zu wummern,
und Resi machte „kling-klang, kling-klong"
und Rosi „Yeah, yeah, yeah"
und Walter „Rattattazong, rattattazong",
und das aus vollem Halse.
Dann sagte Walter den Kollegen kurz ade,
der Straßenfräse, Teermaschine und dem LKW
und schloss sich - wie im Bann -
Resi und Rosi an.

FÜNF

Yeah.

So wurden sie zu einer Band,
die heut zwar kaum noch jemand kennt,
doch fanden sie ihr Glück
in Reisen, Freundschaft und Musik,
und keiner von den dreien wollte je zurück.

„Hat mir eigentlich
das Feuerwehrgeheule irgendwas gegeben?",
fragte Resi sich.
Und Rosi überlegte: „Was hätte ich
in einem Kuchen für ein Leben?
Eingeengt und aufgegessen!
Lasst uns das Vergangene vergessen."
Und Walter wummerte und ratterte:
„Rattattazong, rattattazong,
es ist vorbei
mit Teer und Beton,
wir sind jetzt frei, frei, frei!

Yeah!"

Und Resi und Rosi und Walter zogen fröhlich durch
die Welt.
„Wir haben uns und die Musik,
ja, unser eignes Glück,
das ist es, was zählt!"

Ich möchte mal Urlaub machen

Ich möchte mal Urlaub machen,
wo kein anderer Urlaub machen möchte,
irgendwo jott we de,
so jott we de wie's jott we deer gar nicht geht,
an einem Ort, von Gott und der Welt so sehr vergessen,
dass Gott sogar vergessen hat,
dass er diesen Ort vergessen hat.

"Gute Nacht Fuchs!"
"Gute Nacht Hase!"
Ja so weit draußen möchte ich mal Urlaub machen,
da, wo die Natur sagt „Berühr mich, berühr mich!",
und wo es kein' Empfang gibt, niemals,
und wo der Strom noch direkt aus der Kuh kommt,
also kurz gesagt: am Arsch der Welt.
Da, wo sogar die Gartenzwerge die Vorgärten verlassen,
bevor die Vorgärten die Hintergärten alleine lassen,
in dieser Wallachei der Wallacheien,
wo man nicht mal auf Sand bauen kann,
irgendwo da, wer weiß wo,
ich jedenfalls nicht,
da, wo der Hund verfroren ist,
wo man unverfroren machen kann,
was man nicht lassen kann,

jenseits aller uns bekannten unbekannten Flecken,
wo nicht mal das Weiß auf der Landkarte hinfindet,
irgendwo da, hinter den sieben Bergen
und noch ein paar Bergketten weiter
da möchte ich gern Urlaub machen
aber: IHR
wart schon da,
ihr Überall-Touristen,
ihr Pseudospezialisten und Pistenrowdies,
ihr mondflugschweren Millionäre,
Mit-Anfang-40-Pensionäre,
ihr ballaststoffreichen Heißballonflieger,
ihr Mount-Everest-im-Schlaf-Besieger,
Möchte-ach-so-gerne-Urwaldkrieger,
ihr Am-Wochenende-Wüstenquerer,
Zuviel-Freizeitleere-Lehrer,
Ein- und Zwei- und Dreihandsegler,
ihr Durch-kalte-Höhlen-Kegler
kriegt den Hals doch nicht voll,
findet das toll,
findet euch toll,
müsst überall gewesen sein und euer Unwesen treiben,
euch an Naturgewalten reiben,
sie herausfordern,
aber Erster-Klasse-Rückflug ordern,
den Extremen trotzen,
schwitzen, frieren, kotzen,
um zu Haus erzählen zu können,
was ihr alles erzählen könnt
und wie toll ihr wart
und wie toll das da war,

wo auch immer ihr wart,
aber: da
möchte ich gar nicht hin,
egal, ob weit
oder nah,
möchte nur Urlaub machen,
wo kein anderer Urlaub machen möchte,
weil ihr
da
nicht seid!

Schwarz

Schwarz!

Schwarz wie die Nacht.
Ja, absolute Finsternis
oder Dunkelheit.
Gibt es eigentlich etwas noch Dunkleres als schwarz?
Raben-, rabenschwarz?

Du, wie trinkst du eigentlich deinen Kaffee?
Ist doch logisch: schwarz!
Und dazu ein großes Stück ... Schwarze Herrentorte.
Raben-, rabenschwarz.
Ja. Schwarzseherei, Schwarzmalerei, Schwarzer Humor.

Sag mal, bringt eigentlich im Schwarzwald der
Schwarzstorch die Babys?
Moment, Moment. Ist das jetzt eigentlich politisch
korrekt?
Ich weiß nicht recht. Ich werd' das lieber vorsichts-
halber mal schwärzen.
Ganz, ganz schwarz.
So wie auch Blackstories und
Schwarzfahren, Schwarzer Afghane, Schwarzgeld.
Aber Vorsicht, nicht dass dich noch jemand an-
schwärzt.

Zum Beispiel der Schornsteinfeger, der ist nämlich
… schwarz.

Andererseits:
„Wer fürchtet sich vorm Schwarzen Mann?"
„Niemand."
„Und wenn er kommt?"

Raben-, rabenschwarz.

Schwarzkittel, Schwarzwild, Schwarzsauer.
Schwarzwurzel, Schwarzwurz, Schwarzwal.

Und dann, dann war da noch diese Frau, die im kleinen Schwarzen,
die wollte ich unbedingt beeindrucken
und setzte beim Roulette alles auf … „noir".
Leider kam die Null.

Beim Bogenschießen traf ICH nicht mal die Scheibe,
sie dagegen immer mitten ins Schwarze.

Und im Judo trug sie den Schwarzen Gürtel und legte
mich sofort auf die Matte.
„Oh, äh, da hatte ich wohl gerade n kleinen Black-
out."

„Quatsch, du bist voll das Schwarze Schaf - määäh -,
mit uns wird das nie was,
da kannst du warten, bis du schwarz wirst."
Raben-, rabenschwarz.

So, wie übrigens auch die Schwarze Witwe
oder die Schwarze Pest,
die ich ihr jetzt an den Hals wünsche, außerdem:
sämtliche Fiesheiten aus dem Darknet.

Pst! Brauchst du was?
Vom Schwarzmarkt?
Vielleicht Schwarzbier?
Oder Schnaps, garantiert schwarz gebrannt.
Oder etwas Schwarzpulver.
[Schuss:] POAH!
Ja, der Schwarzhandel blüht.
Und günstig ist hier einzig und allein: Schwarzbrot.
Aus dem Schwarzwald.
Sonst nichts!

Raben-, rabenschwarz.

Schwarzbär, Schwarzerde, Schwarzfußindianer.
Schwarze Johannisbeere, Schwarzdorn,
„Schwarzbraun ist die Haselnuss."
Nur Heino nicht. Der ist blond: blondie-, blondie-
blond.

[singen:] „... die schwarze Barbara."
Sorry, die macht gerade Urlaub.
„Ach ja? Und wo?"
Ist doch klar, Mann, am Schwarzen Meer.
Und wisst ihr auch, warum das so heißt?
Es ist schwarz!
So wie auch die Schwarzen Berge.
Oder der schwarze Milan.

Übrigens, seht ihr das? Rauch steigt auf, schwarzer
Rauch:
„NON habemus papam".
„Äh, und jetzt?"
Na, abwarten und … schwarzen Tee trinken.

Aaar! Aaar!

Ja, alle Raben, die sind schwarz
und alle Krähen
und alle Eulen, äh, nee, Moment mal, die eher nicht.
Aber: Die sehen meistens schwarz.
Zum Beispiel:
Ein riesiges schwarzes Loch, das alles verschlingt:
raben-, rabenschwarz.

Kleine Frage zwischendurch,
was ist das: *[fauchen:]* „Chwww"?
Ist doch klar, Mann: Schwarzer Panther.

Und das?
„Ssss, ssss"?
Genau. Die Schwarze Mamba.

Und jetzt mal was Schweres:
[Hand vor die Augen halten, Tanzbewegungen ma-
chen, dazu leise singen:] Na-na-na-na-na.
„Even if we're just dancing in the dark"
Und? Wer hat's gesungen?
Die Alice Schwarzer? Der Arnold Schwarzenegger?
Nein, sondern Bruce Springsteen.
Ja, Tanzen,

zum Beispiel auf einem schicken Ball
in Anzug, Smoking oder Frack,
natürlich in schwarz.
Und die Damenwelt im kleinen …

Verdammt, ich hab immer noch diese Frau im Kopf.
Also plündere ich schnell meine Schwarze Kasse,
finde über das Schwarze Brett eine Gruppe schwarz
gekleideter Schwarzarbeiter aus Schwarzenbek,
und dann, dann graben wir nachts im Garten nach?
Na?
Gold!
Schwarzem, schwarzem Gold!
Und wenn das dann so richtig sprudelt,
dann treffe ich sie wieder, im Casino,
und setz dort ein paar meiner überschüssigen Milli-
önchen auf:
Schwarz!
Raben-, rabenschwarz.

Schwarz wie der Tod,
wie die Apokalypse,
schwarz, wie die schwarzen Reiter.

Oder: Der Schwarze Ritter
auf seinem stolzen Rappen namens
Black Beauty.
Äh, nee, äh, falscher Film.
Egal.
Raben-, rabenschwarz.

Schwarzer Peter, Schwarzer Freitag, Schwarze Ma-

gie:
Hokus, Pokus, Fidibus, dreimal … schwarzer Kater.
Und nachts sind alle Katzen?
Natürlich schwarz! Nicht grau.

„Hilfe! Da kommt gerade eine. Und auch noch von
links nach rechts! Das wird garantiert ein raben-
schwarzer Tag."

Nun sieh doch nicht immer gleich alles schwarz.
Schließlich gibt es ja auch noch mehr im Leben,
zum Beispiel:
Raben-, raben-…
äh, -bunt?

Nee, das ist es nicht.
Da bleib' ich doch lieber bei meinem Motto „Black
… is beautiful",
anders ausgedrückt:
Schwarz!!
Raben-, raben-…schwarz.

Willy, oh Willy

Ich möchte den nachfolgenden Text meinem Großvater widmen. Er war Jahrgang 1896, und der Text ist aus rückblickender, fiktiver Großmutter-Sicht verfasst, er heißt:

Willy, oh Willy

Eines Tages, Willy, oh Willy,
eines weit zurückliegenden Tages
da waren wir jung, so jung,
und nun?
Nun denken wir an damals
und erzähl'n Geschichten.

Unsre Augen seh'n zwar nicht mehr weit,
doch die Erinnerung ist klar:
Es war,
es war einmal …
zu einer Zeit,
zu der es euch noch gar nicht gab.
Und wir berichten nun,
verdichten das Erlebte
auch für euch.

Viel war damals anders, einiges auch gleich;
ja, auch wir, wir kannten Liebe,

waren jung und dumm
und dachten, so wie ihr, viel nach.
Doch war das damals ganz egal,
weil andere für uns entschieden,
was wir lernen
oder wen wir lieben sollten.

Nein,
was wir selber wollten, war nicht wichtig,
wir hatten kaum die Wahl
und blieben dennoch still,
denn wenn wir etwas sagten,
hieß es gleich: „Schweig still!"

Es gab kein Handy damals,
und auch kein Internet, noch nicht mal Radio,
und unsre Alten erzählten uns Geschichten
von einem Alltag, der so alt war
wie sie selbst
und der so bleiben würde.
„Für immer", sagten sie
und befürchteten wir und
träumten von der Liebe, so wie ihr.

„Weißt du noch?", murmelst du,
„weißt du noch, damals?"

Damals:
Du warst 17 und ich zwei Jahre jünger,
schon fertig mit der Schule,
und fix und fertig nach der Arbeit auf dem Feld.
Wir zahlten damals noch fürs Lernen,

heut bekommt ihr dafür Geld,
doch fühlten wir uns wie die Könige
zu Kaisers Zeiten,
denn: Wir hatten uns!
Oh Willy, oh Willy,
was waren wir verliebt!
Planten Dinge, die ihr heute gern verschiebt
auf „irgendwann nach 30",
hatten klare Ziele.
Ihr dagegen habt heut endlos viele Möglichkeiten
und damit auch die Qual der Wahl,
so ändern sich die Zeiten.

1896
wurdest du geboren,
und 18 Jahre später
drückt man dir ne Waffe in die Hand
und bildet eilig dich dran aus,
Hilfssanitäter,
und adieu, auf Nimmerwiedersehen.

Ich blieb zu Haus
und konnt' das nicht verstehen,
es hieß: „Für Kaiser, Volk und Vaterland".
Na toll!
Und eines Tages, Willy, oh Willy,
da wirst du tot sein
in irgendeinem Schützengraben.

Und wir, so hatten wir gedacht,
wir hätten eines Tages, wenn wir alt sind,
viel, so Vieles zu erzählen,

hatten mal geträumt von Kindern: fünf.
„So wenig?", hattest du gefragt.
Oh Willy, oh Willy,
wir träumten
und wollten unsern Enkeln mal
von einer neuen, unsrer Welt erzählen
und von der großen Liebe.

Schnellausbildung am Gewehr,
Verlobung,
dann Verdun.

Wir hörten nichts von dir,
nichts mehr,
und du warst grad erst 19,
solltest Leib und Leben
ehrenvoll für Kaiser, Volk und Vaterland hergeben,
umgeben von Wolken
aus Pulver, Chlorgas und Blei,
drei Jahre lang in Schützengräben.
Und dann?

Oh Willy, oh Willy,
von so was wollten niemals wir erzählen.

Du hattest Glück
und kamst,
es kam mir wie ein Wunder vor,
aus Belgisch Flandern
und obwohl zuvor fünfmal verwundet irgendwie zurück,
mit 22,

scheinbar unversehrt
und doch als alter Mann.

Träume? Nein, keine Träume mehr!
Und du warst glücklich, nicht zu träumen,
denn wenn du träumtest, hörtest du nur Schreie,
Schüsse
und versorgtest wieder Sterbende in irgendeinem
Graben,
Menschen,
deren Stimmen nie in deinem Kopf verstummten
und die in deinen Träumen immer, immer wieder
starben.

„Lasst uns möglichst viele Fehler machen,
und möglichst viel aus ihnen lernen"*,
singt ihr heute,
nein, ihr Leute, nein!
Hört auch den Alten zu, lauscht den Geschichten
und lernt aus ihren Fehlern,
wenn ihr dieses Glück habt,
dass sie euch davon berichten.

Ja, eines Tages,
Willy, oh Willy,
eines weit zurückliegenden Tages
da waren wir jung, so jung wie ihr
und voller Liebe.

Und dann, dann kamst du irgendwann zurück zu mir
und konntest nichts mehr fühlen,
nichts,

und schwiegst.
Verdun,
Westflandern,
Grabenkrieg.

„Rede mit mir, so rede doch mit mir,
oh Willy, oh Willy!"
Doch solcherlei Geschichten
wolltest keinem, wolltest niemals du erzählen.

Und wir, wir wünschten uns die Zeit zurückgedreht,
ein andres Leben,
statt hunderttausend Dinge zu erleben,
die wir niemals weitergeben wollten, nie!
Und dennoch
sollten sie gesagt und ausgesprochen werden.

Wir
sind nun ausgesprochen alt, betagt
und wollen euch berichten,
damit ihr daraus lernen könnt
in Richtung einer bessren Zeit
und selber allezeiten glücklich lieben.

Damit, wenn ihr mal alt sein werdet,
zumindest ihr berichten könnt von
Frieden.

*Zitat aus dem Slam-Gedicht „One day/reckoning
text" von Julia Engelmann, 2013*

Jonny

Eines Tages,
eines weit zurückliegenden Tages im Jahre `68,
da geschah es,
kam es wie es kam.

Und ich,
ich hab nicht mal ein Bild von dir.
Für so was
buchte damals man noch Fotografen,
erhielt die Fotos später auf Papier
nach einer Woche oder zwei.
Doch war zu diesem Zeitpunkt
alles schon vorbei.

Schicksal aus dem Nichts,
mit größter Härte.

Was heute wäre
weiß ich nicht,
doch hätt' ich damals vielleicht dich
„Jo" genannt
oder so.
Und dann, dann wär'n wir irgendwann
zusamm' um die Wette gerannt
durch Wald und Wiesen oder im Urlaub am Strand
und hätten,

ja, wir hätten …
Doch diese Zeiten kamen nicht.
Und ich, ich blicke jetzt zurück
und denk an dich.

1968
wurdest du voll Glück und Freude,
voller Stolz erwartet,
wurdest schon geliebt, bevor du kamst,
nahmst einen Platz in unserm Leben ein,
und dann,
dann warst du da,
noch ganz, ganz klein.

Oh, Jonny,
was hätten wir gespielt!
Alles, endlos viel:
Verstecken, Kriegen,
um die Wette rennen,
in selbst gebauten Höhlen liegen
und den lieben langen Tag verpennen.
Doch sollt' es anders kommen.

Du
warst angekommen
mit kräftigem Geschrei,
was dich allein schon voll sympathisch machte,
so dachte ich
mit nicht ganz drei.

Ja, ich mochte Lärm und Krach.
und wollt', so hatte ich geplant,

dir Spielzeug bauen,
irgendwas aus einem Stock
zum Hüpfen oder Werfen, zum Malen in den Sand,
als Schwert, als Hexenbesen oder Schießgewehr,
vielleicht dazu auch noch ein Band,
der Stecken dann als Flitzebogen
oder Saiteninstrument.
Oh Jonny,
wenn es so gekommen wär',
was hätten wir gespielt!

Wir wär'n als Cowboys und Indianer dann
gemeinsam losgezogen
als Winnetou, Old Shatterhand,
durch Wiesen, Wald und Feld,
ja, durch die Weiten
unsrer kleinen, großen Kinderwelt
voll Zauber und Magie.
Oh ja, wir hätten sicher auch gezaubert:
Hokus, Pokus, wir sind unsichtbar!
Doch diese Zeiten
kamen leider nie.

Es war
im Jahre `68 …

… und Jahre, viele Jahre später,
als das Gespräch mal darauf kam,
da sagte unser Vater:
„Arbeit, in die Arbeit stürzen, das hilft immer."
Konkreter
wurd' er nicht.

Jedoch
für unsre Mutter
wurde dadurch alles nur noch schlimmer:
Erst ohne dich,
und dann, anstatt als Paar zu zwein,
- gefühlt - auch noch allein
in Schuldgefühl und Scham,
und das, obwohl man gar nichts hätte machen können,
nichts,
es kam
so wie es kam.

Im Jahre `68
wurdest du voll Glück und Freude,
voller Stolz erwartet
und voll Liebe.
Alles war bereit für dich,
dein Zimmer, deine kleine Wiege,
ein Kuscheltier war auch schon da,
und lauter Anziehsachen,
doch dann:
„Wir müssen Ihnen eine traurige Mitteilung machen."

Ich war zu klein, das zu verstehen,
hatte einmal nur dich kurz, ganz kurz gesehen.
Und dieses kleine bisschen Zeit,
es blieb, was keiner ahnen konnte,
der einzige Moment
für uns, zu zweit;
und du hast den auch noch verpennt,

Jonny.
Ja, ich hätte dich vielleicht mal „Jo" genannt
oder so,
und wir wär'n dann zusamm' um die Wette gerannt
durch Felder, Wald und Wiesen
oder im Urlaub am Strand.

Und nun?
Nun steh ich hier,
hab nicht einmal ein Bild von dir,
und denk an dich.
Jonny.
Neun Monate hast du uns unsichtbar
und dann fünf Tage noch geschenkt.

Und dort, wo einst dein Grab, der Friedhof war,
da gibt es heute eine Wiese,
liegen Kinder, wenn die Sonne scheint, im Gras
oder spielen im Gebüsch Verstecken,
sie rennen, schubsen, necken sich,
ja, alles das,
was ich sooo gern
mit dir …

Doch dann, so sagte man es mir,
dann spieltest du ganz plötzlich
im Himmel, ohne mich.
Ich war knapp drei und damals
so was von sauer auf dich,
verstand das nicht.
Warum?

Ich habe dich, mein kleiner Bruder,
einmal nur geseh'n
für ganz, ganz kurze Zeit,
so kurz
und dennoch
für die Ewigkeit.

Willy, oh Willy (Teil II)

Ich möchte meinen nachfolgenden Text meinem
Großvater widmen, der zwei Kriege miterlebt hat. Es
ist seine Geschichte, verfasst aus rückblickender,
fiktiver Großmutter-Sicht, und sie trägt den Titel:

Willy, oh Willy, Teil II

Eines Tages,
Willy, oh Willy,
zu Zeiten,
als die Tage immer dunkler wurden,
da geschah es.

Und ich berichte nun,
verdichte das Erlebte, auch für euch.

Nein, du hast das nicht gewollt,
hast schon mit 19 die Hölle miterlebt:
Verdun, Westflandern, Grabenkrieg,
für Kaiser, Volk und Vaterland
drei Jahre lang.
Und dann, nur zwei Jahrzehnte später, das.

Ja, ich seh noch immer dein Gesicht,
oh Willy, oh Willy:
Du sahst dich frei

und warst es nicht,
nicht mehr,
denn: Die Partei,
sie redete von „Kampf
für Führer, Volk und Vaterland."
[ironisch] „Nein,
die Geschichte wiederholt sich nicht,
kann gar nicht sein."
Doch irgendwie erschien dir das bekannt
und machte dich beklommen.

Du
mochtest ihre Fahne nicht
und solltest dennoch, so wie jeder, diese hissen
am großen Mast vor unserm Haus.
Doch wolltest du von so was
absolut nichts wissen
und zogst die Kaiserflagge auf.

Und darum
sind sie eines Tages hergekommen,
zu uns heraus,
zu zweit.
„Bitte Willy, bitte … treib es nicht zu weit!"

Du warst ein angesehner Mann,
so blieb man höflich
und erklärte, aus dem Fenster deutend, dann:
An diesem Mastgestänge
müsse alle Zeiten ihre Fahne hängen.

Und wir, wir lauschten an der Tür

und hörten: nichts,
kein Wort von dir.
Du ließt sie reden
und schwiegst.
Erinnerung: Verdun, Westflandern, Grabenkrieg.
Nein, du wolltest so was niemals wieder.

Und dann, irgendwann,
wir dachten schon nicht mehr an den „Besuch",
da hatte man von deinem Nichtstun offenbar genug
und kam erneut,
höflich immer noch,
doch nicht mehr ganz so wie zuvor:
Du sollest „unverzüglich" ihre Fahne hissen.

Du aber ließt die Herren wieder reden,
ohne sie zu unterbrechen,
und … sagtest nichts,
zunächst.
Doch dann
begannst du plötzlich, unvermittelt loszusprechen,
leise, ohne jede Hast:
„Ich habe einen Eid geschworen,
dass an diesem, meinem Mast
nie eine andre Fahne hängen wird,
als jene meines Kaisers."

Nun waren es die Herrn, die schwiegen,
irritiert.
Du hattest ihren Zorn geweckt,
und sie, sie waren es gewohnt, zu siegen,
doch andrerseits, das machte alles kompliziert,

da hatten sie zugleich auch irgendwie Respekt
vor deiner Treue, deinem Eid.
Denn solche Eigenschaften
waren auch für sie ganz wichtige:
„Mit Leib und Leben …
dem Führer treu ergeben."
Die Sache hatte einen Haken nur,
dein „Führer", er war nicht der richtige.

Und wäre diese Sache nicht so bitterernst gewesen,
dann hätten wir gelacht,
entsprang doch deine „ew'ge Kaisertreue,
bis in den Tod, ein Leben lang"
nur deiner Bauernschläue:
alles ausgedacht.

Und du, du tatest wieder …
nichts.

Denn in deinen Augen
hatte niemand einem freien Bauern
irgendwas zu sagen!

Und wieder ging die Zeit ins Land,
bis eines schönes Tages,
nein, eines wenig schönen Tages,
erneut man zu uns fand,
dieses Mal zu dritt,
und dieser dritte Mann, ein „hohes Tier",
der hatte keinerlei Respekt,
nicht vor dem Eid
und nicht vor dir:

„Wenn Sie unseren Worten jetzt nicht Folge leisten,
dann sehn Sie Haus und Hof nie wieder, Punkt."

„Oh, Willy, bitte schweig und sag jetzt nichts!"

Du sagtest … nichts
und brachtest die drei Herren noch zur Tür.
Und dann?
Dann nahm, so dachten wir,
das Kreuz, die Sache mit dem Fahne-Hissen ihren
Lauf,
und wir …,
von uns fiel eine große Last ab.
Stattdessen aber
standst du gleich am nächsten Morgen mit den Hüh-
nern auf
und sägtest den Mast ab.

Ja, und wenn das so der Schluss gewesen wäre,
dann wäre das zu schön, um wahr zu sein,
doch nein,
so einfach warn die Dinge leider nicht, mitnichten.
Du musstest letztlich einen neuen Mast errichten.
Und dass du einen kleinen,
den allerkleinsten, den es gab, nur nahmst,
und eine winzig kleine Fahne daran hängtest,
ignorierte man.
Hauptsache war, du hattest es getan.

Ja, eines Tages,
Willy, oh Willy,
zu Zeiten, als die Tage immer dunkler wurden,

da geschah es.
Und sie, sie sangen laut und immer lauter:
„Führer heil,
ein Held, ein Sieg!"
Der Rest ist hinreichend bekannt:
Krieg.

Werbung (Team-Text)

A/B: Achtung, Achtung, dieser Text enthält Worte, die Ihr Bewusstsein verändern könnten:

A: Attraktive Prämien!

B: Garantiert probiotisch.

A: Vom Feinsten!

B: Garantiert probiotisch.

A: Flexibel, kompetent und ...

A/B: Dieser Text wird Ihnen präsentiert von:

B: Garantiert probiotisch.

A: Ey-jo, ey-ho, jo, jo, Joghurt, Käse, Sahne, Schmand

A/B: sind probiotisch anerkannt,

B: Molke, Quark, Creme Fraiche und ...

A: glückliche Milch!

B: Von frisch geschlachteten Kühen:

A: Muuuuuuuh-ööäh!

B: Müller-Milch, Müller-...

A: *[drückt mit linkem Daumen auf imaginären Knopf]* BIIIEP!

A/B: Mit freundlicher Unterstützung von:

[simultan:]

A: *[drückt schweigend mit linkem Daumen auf imaginären Knopf]*

B: *[hält schweigend Zeigefinger vor den Mund]*
A/B: Flexibel, kompetent und …

B: *[als Angela Merkel:]* Liebe Mitbürgerinnen
        und Mitbürger, gerade wir als Deutsche, egal,
        ob arm oder reich, ob nord oder süd, ob Persil
        oder Perwoll …
A: Biiiiiiiieeeep!
B: *[als Angela Merkel:]* Ist doch wahr!
A: *[als Hamburgerin Erna Müller:]*
        Ja, und nu frach mal die kleinen Leute auf die
        Straße, nä, ich mein: Perwoll, Persil, bei uns
        wird mit die Hand gewaschen.
B: *[als Angela Merkel:]* Wie in der Politik: Eine
        Hand wäscht die andere.
A: *[als Hamburgerin Erna Müller:]* Werbung,
        Politik, Politik, Werbung, das's doch alles
        das gleiche: viel Gedöns um nix.
A/B: *[so wie „Geiz ist geil":]* Scheiß ist geil! Weil
        Sie es sich wert sind.

A: Ey, jo, ey-ho:
A/B: *[schleichen Indianern ähnlich drei Schritte
        nach links und drei wieder zurück]*
A: Das war … Schleichwerbung.

B: Super!
A: Toll!
B: Aktiv!
A: Garantiert probiotisch.

B: Super!

A: Toll!

B: Aktiv!

A/B: Stylish, umweltfreundlich, geil,
        lecker, sexy, ofenfrisch,

B: ... jetzt kommt Zucker auf den Tisch!

A/B: Zucker ... light!

A: *[singend:]* „Ich will so bleiben wie ich bin."

B: *[guckt A musternd lange an, dann:]* Nimm
        erst mal n paar Kilo ab!

A: Du Arsch!

B: *[als Walter Ulbricht; guckt A erneut mus-
        ternd an:]* Niemand hat die Absicht, den
        Walfisch zurück ins Wasser zu werfen.

A: *[Walgesang nachahmen:]*
        Auioioauuoi ... Das war walisch, Überset-
        zung: Ey, isch mach aus dir Lebertran, Alter.

A/B: Mit freundlicher Unterstützung von ...

A: *[drückt mit linkem Daumen auf imaginären
        Knopf]* BIEP!

B: *[als Angela Merkel:]* Wenn ich auch mal
        etwas dazu sagen dürfte.

A/B: Nein!

B: *[als Gerhard Schröder:]* Ha, ha, ha! Hol mir
        mal ne Flasche Bier, Flasche Bier, Flasche
        Bier ...

A: *[Hintergrundbeat, leise beginnend:]* Mm a-a-
        Mm-a, Mm a-a-Mm-a ...,

[simultan:]

A: Mm a a Mm a, Mm a a Mm a, Mm a a Mm a

...

B: Hasseröder, Astra, Becks,
    Hasseröder, Astra, Becks,
    Duck- und Warsteiner auf Ex.

A: Mm a a Mm a.

[simultan:]
A: Mm a a Mm a, Mm a a Mm a, Mm a a Mm a,
    ...
B: Holsten, Hannen, Herford, Jever,
    Köstritz, Veltins, Vitamalz ...

A: *[ungläubig amüsiert:]* Was, was!? Hast du
    ‚Vitamalz' gesagt?
B: Nee, kann gar nicht sein.
A: Was denn dann?
B: Köstritz, Veltins, Diebels, FLENS!

A: *[simultan einstimmend:]* Mm a a Mm a, ...
B: Schöfferhofer, Löwenbräu,
    Oettinger, Paulaner, Becks,
    Duck- und Warsteiner auf Ex.

A/B: *[schleichen einmal angedeutet nach links und
      zurück]*
A: *[tippt B an:]* Du, sag mal, wusstest du eigent-
      lich, dass die Iren Weltmeister in Schleich-
      werbung sind?
B: Wie, „die Iren"?
A: Ja, die Iren, pass mal auf. Die haben das voll
      in ihrem Liedgut verankert. Beispiel:

	[räuspert sich und singt:] „I've been the wild rover, for many's a year, and I spent all me money on whiskey and beer."
B:	*[als Gerhard Schröder:]* Ha, ha, ha! Ja, das gefällt mir.
A:	Kann ich mir vorstellen. Oder: *[singt:]* "I'll buy for you a horse me love, and on it you will ride, and all of my delight, will be riding by your side, we'll stop at every ale house …"
B:	Stop! Stop!
A:	We'll stop … at every … ale house …
B:	*[übersetzend:]* Wir stoppen an jedem …
A/B:	… Saufnest.
A:	Und was … *[Geste des Becherns]* machen wir da?
B:	*[als Angela Merkel:]* Wenn ich auch mal etwas dazu sagen dürfte.
A/B:	*[energisch, genervt]* Nein! - Guinness, Kilkenny and Stout,
A:	Amber, Lager, and Red Beer …
B:	*[als Gerhard Schröder:]* … Flasche Bier, Flasche Bier, sonst sterb ich hier. Ha, ha, ha!
A:	*[als Hamburgerin Erna Müller:]* Ja, aber nich, dass du mir dabei den Teppich vollkotzt, nä!
B:	*[als Gerhard Schröder:]* So'n Quatsch. Basta! *[dann als Angela Merkel:]* Schröder, geh

sofort zurück in deine Flasche! - Und du,
Nicolas ..., ääh, François: was sagst du eigentlich dazu?

A: *[als François Hollande, mit französischem
Akzent:]*
Ich kann mich noch gut erinnern, als ich in
meine Studienzeit diese kleine Affär `atte,
mit diese süße Deutsche: Wie das `at in ihre
Bauchnabel geprickelt.

B: *[als Angela Merkel:]* Du kleiner Schlawiner,
du.

A: *[als François Hollande, mit französischem
Akzent:]* Viens Angie, lass uns zusammen eine' trinken.

A/B: *[schunkelnd, als Angela Merkel und François
Hollande:]* Einer geht noch, einer geht noch
rein! Einer geht noch, einer geht noch rein! -
Hasseröder, Astra, Becks,
Duck- und Warsteiner auf Ex.
Achtung, Achtung, dieser Text enthält Worte,
die Ihr Bewusstsein verändern könnten.

B: Aber: 100 % light. Und stylish optimiert.

A: Plus attraktive Prämien und Boni.

A/B: Wir ... freuen uns auf Sie!

A: *[leise:]* Oine-noine-noine-noi.

B: Ja, Qualität, die Spaß macht,

A: *[sich über den Bauch streichend]* leicht und
voller Sympathie.

A/B: Wir ... freuen uns auf Sie.

A: Denn Werbung ...

A/B: ... macht *[erotisch:]* sexy-y-y! *[dazu ange-
deutete sexy Pose]*

Vom Ich zum Wir (Team-Text)

B: *[Geht allein auf die Bühne, an sein Mikro,*
        macht den Ansatz, etwas zu sagen, sagt aber
        nichts. Stellt dann sein Mikro etwas Richtung
        links, geht wieder vom Mikro weg und geht
        umher]

A: *[Geht auf die Bühne, an B vorbei an sein*
        Mikro, macht den Ansatz, etwas zu sagen,
        stellt sein Mikro etwas Richtung rechts]

B: *[geht an sein Mikro]*

A/B: *[leicht voneinander abgewandt (durch die*
        jeweils leicht nach außen gerichteten Mik-
        ros)]

B: *[zum Publikum:]* - EINS -

A: Ich kenne ihn nicht.
B: Ich kenne ihn nicht.
A: Möchte ihn nicht kennenlernen.
B: Wenn ich ihm begegnen
        würde,
        würden wir nicht miteinander reden.
A: Mal mit jemandem reden,
        der mich versteht.

B: Mal mit jemandem reden, egal mit wem.

A: Weißt du, da haben wir etwas gemeinsam.
B: Ich denke, wir
        kennen uns nicht.
A: Wir
        kennen uns ja auch nicht.

A/B: Niemand versteht, dass ich Angst davor habe,
        ...

[simultan:]
B: ... dass jemand mir die Pfandflaschen ab-
        nehmen könnte.
A: ... dass jemand meinen Porsche zerkratzen
        könnte.

B: *[teilnahmslos:]* Echt, du hast einen Porsche?
A: *[teilnahmslos:]* Du sammelst wirklich Pfand-
        flaschen?
A/B: Wieso duzen wir uns?
A: Ist doch egal.
B: Ist doch egal.

A: Ja.
B: Ja, was?
A: Einen Carrera.

[simultan:]
A: Ach ja, du sammelst ja Flaschen.
B: Ach ja, du sammelst ja Porsche.
A/B: Wir sind einsam.
        [als Chorus, mitleidig:]   Ach Gott!

B: Du auch?

A: Ich bin einsam, weil …

B: Ich bin einsam, weil …

A: ganz oben die Luft immer dünner ist.

B: man ganz unten nicht wirklich Freunde hat.

A: Was sind denn überhaupt „Freunde"?

B: Was sind denn überhaupt „Freunde"?

A: Gibt es überhaupt Freundschaft?

B: Können wir Freunde sein?

A: - ZWEI -

A/B: *[richten ihre Mikros nun zum Publikum aus]* Genießen Sie das Leben!

A: Genießen Sie den Wohlfühlkomfort Ihres neuen 4-Zylinder-Giga-Pseudosportautomobils mit elektrischen Fensterhebern und Alufelgen von …

B: Genießen Sie Ihr neues Mega-Multifunktions-Tablet mit stylisch-modischer Tasche von …

A: Genießen Sie das wunderbar-unfassbare Gefühl, dass Ihre Unfallversicherung im Falle Ihres Ablebens fast 10 Prozent Ihrer Beerdigungskosten übernimmt.

A/B: Ja, genießen Sie den Genuss, zu genießen!
      - DREI -

A: *[wendet sein Mikro wieder leicht nach*
      rechts:] Nein.
B: *[wendet sein Mikro wieder leicht nach links:]*
      Nein was?

A: Wir können keine
      Freunde sein.
B: Freunde sein.
A: Freunde sein.
B: Freunde sein.
A: Sein.
B: Sein.
A: Sein.
B: *[zeigt auf A:]*
      SEIN Leben findet in Fincas, Flugzeugen
      und Porsche Carreras statt.
A: *[zeigt auf B:]*
                  Sein Leben findet zwischen Fla-
              schen,
      Dosen und Pfand statt.
B: Statt zu leben …

[simultan:]
B: … habe ich nichts.
A: … habe ich alles.

A/B: Das ödet mich an.

B: Was, dich auch?

A: Genießen Sie den Wohlfühlkomfort!

B: Dich auch?

A/B: Wir kennen uns nicht.

A/B: *[richten ihre Mikros wieder zum Publikum aus]*

A: - VIER –

B: Dinge, die Sie entdecken sollten, bevor Sie sterben.

A: Dinge, die Sie entdecken sollten, bevor Sie sterben.

A/B: Erstens: Was war unwesentlich?
        Zweitens: Was hätte ich gern früher gewusst?
        Drittens: Was zählt wirklich?

[simultan:]

A: Das einfache Leben.

B: Wohlstand und Geld.

B: Viertens: Was machte mich am Glücklichsten?

A: Fünftens: Was bereue ich am meisten?

A/B: Wenn ich das alles früher gewusst hätte!

B: Was ich am meisten bereue?

A: Was ich bereue?
A/B: Dieses beschissene Leben.
          [sehen sich erstaunt an:] Was, du auch?

B: Weißt du, ich finde es schön, dass wir uns
          duzen.
A: Ist ja jetzt auch egal.

A/B: Wir kennen uns nicht.
B: Jetzt doch.
A: Ist doch egal.

A: - FÜNF -

A/B: *[heftig:]* Der Typ stach sich ein Messer
          durchs Auge ins Hirn.
B: Jetzt sind beide tot.
A: Das Auge …
B: … und der Typ.
A/B: Wir kennen ihn nicht.
A: Aber sein Schicksal …
B: … könnte auch unseres sein.
A: Sein Schicksal, es
          könnte …
B: könnte …
A: könnte …

B: - SECHS -

A/B: Ich bin der, der ich niemals sein wollte.

B: Dann nimm doch …

A: nimm doch …

[simultan:]

A: meinen Carrera …, hier die Schlüssel.

B: meine Flaschen …, hier die Tüte.

A: Ich kenne ihn nicht.

B: Ich kenne ihn nicht.

A/B: Jetzt aber kennen wir uns.

A: Manchmal muss man eben seinen Blickwin-
        kel ändern.

B: Manchmal muss man eben
        über seinen Schatten springen.

A: Darum …

A/B: … lernen wir, „Wir" zu sagen.

A: - SIEBEN -

A/B: Mitmachteil.

B: *[mit Geste, die das Publikum einbezieht:]*
        Wir.

A/B: *[mit Geste, die das Publikum einbezieht:]*
        Wir.

A/B: *[Das Publikum auffordernd:]* Alle!

A/B/Publikum: WIR.   WIR.   WIR.

A/B: *[immer leiser werdend, dann auch im Abge-*
         hen:]
         Wir.

                 Wir.

                         Wir.

                                 Wir.
                                 Wir.

Von Karsten Lieberam-Schmidt
in der Edition HAV ebenfalls erschienen:

„Bei Hempels unterm Sofa:
20 humorvoll-skurrile Geschichten"
ISBN: 978-3-7386-4213-1

Kinderbuch
„Mission Prinzessin: 8 Frösche unterwegs"
ISBN: 978-3-7412-4101-7